講談社文庫

新装版
隻手《せきしゅ》の声

鬼籍通覧

椹野道流

JN228985

講談社

目次

新装版　隻手の声　鬼籍通覧

一章　気晴らしを求めて

それは、秋もたけなわ、十月中旬のある朝のことだった。

大阪府T市O医科大学法医学教室……。

「はよ。今日も眠いなー」

そんな大学院生伊月崇《いづきたかし》のお決まりの挨拶に、教室秘書の住岡峯子《すみおかみねこ》は、呆れた顔つきと口調で答えた。

「おはようございます、ですにゃ。変な省略しないで、朝の挨拶くらいは爽やかにしてくださいよ、伊月先生」

「昨日ろくすっぽ寝てねえのに、爽やかな挨拶なんかできるかよ。今朝は馬鹿みたいに寒いしさ」

不機嫌に言い捨て、伊月は痩せっぽちの身体にはやや無骨すぎる黒い革ジャンを脱いだ。その下に着こんでいるのは、どこかの古典的ホストと見まがうような、ヒラヒラした素材の真っ赤なシャツと黒の革パンツ。いつもながら、斬新というより奇抜なファッションだ。

その服装にふと違和感を覚え、峯子は首を傾《かし》げて自席に向かう伊月を見遣《みや》った。峯子の視線を気にするふうもなく、伊月は肩に届く長い髪を両手で撫でつけ、後ろでひとまとめにする。これほど目立つ容貌だけに、人に見られることには慣れきっているのだろう。

伊月が法医学教室に来て、もう半年になる。月曜日から金曜日の朝から晩まで拘束され、はてはしょっちゅう週末や祝日にも呼び出されるこの職場で、大学院生の伊月がほとんど休んでいないというのは、ある意味立派なことだと峯子は思う。都筑壮一《つづきそういち》教授やほかの教室員と違い、伊月はまったくの無給、言うなれば「お勉強させていただく」立場で、日々の業務に携わっているのだ。確かにすべてのことが本人の経験となり、将来に繋がっていくわけだが、やはり人間、現金報酬なしに働き続けるというのは、なかなかに難しい。

少なくとも、自分はそんな丁稚《でっち》奉公のような立場は嫌だ、と峯子は思う。年季が明ければ吃驚《びっくり》するような高給取りになれるというなら我慢もするだろうが、決してそうでないことは、以前何かの折に、都筑教授の月給を聞いて愕然としたのでよく知っている。

(そうなんだわ。よく考えれば、伊月先生って、けっこう律儀で真面目な仕事っぷりなのよね)

だけど、と口の中で呟き、峯子は、眠い眠いと呪文のように繰り返しながら、髪を結んでいる伊月を見遣った。

(あの服装とユルユルの態度見てると、どうも心の中の査定が下がっちゃうんだわ)

そんな思いを視線からくみ取ったのか、伊月はロッカーから新しい白衣を出して袖を通しながら、充血した目で峯子を睨《にら》んだ。

「何だよ。今朝は解剖もないし、俺、ちゃんと遅すぎない時刻に来たろ?」

「ええ。九時十五分。私より四十五分も遅いですけど、先生にしては普通の時間です。だから何も言ってません」

「目が咎めてるぜ?」

「えー、そんなあ。言いがかりです」

「ネコちゃんは咎めてるんじゃなくて、昨夜、そんなに寝不足になるほど、どこで何をしてたか訊いてるんじゃないの?」

不意に、開けっ放しの教授室から、伏野《ふしの》ミチルがヒョイと顔を出した。伊月と同じように、他大学を卒業後すぐに院生としてやって来て、院を出た後は助手としてここで働いている、いわば伊月の先輩兼直属の上司のような存在である。

「わっ。何してるんですか、そんなとこで。教授室に空き巣に入ってたとか？」

突然現れたミチルに、伊月は驚いた口調で問いかけた。

「何言ってんの。この部屋に、金目の物なんかありゃしないわよ。ガラクタと鑑定資料と本の山ばっかり。……ま、死体愛好家には、宝の山かもしれないけどね」

ミチルは、手にしたスライドホルダーの束を、自分の顔の前で振ってみせる。

「そろそろ、地方会の準備しないとでしょ。この症例のスライドがどこ探してもないと思ってたら、都筑先生の部屋にあったのよ。もう、嫌んなっちゃうわ」

それを聞いて、峯子はクスクス笑った。

「この教室で物がなくなったら、たいてい伏野先生の机か都筑先生のお部屋にありますよね」

「ちょっと。都筑先生と一緒にしないでよ」

ミチルは眉を顰《ひそ》め、峯子の白い額を、指で弾く真似をした。

しかし実際のところ、それは教室員全員が同意するところの事実である。

ほとんどのことに几帳面な性格である都筑教授は、整理整頓だけが苦手らしい。教授室は、とても来客を通せる場所ではないのだ。執務机だけでなく、本来ならば接客用の大きなテーブルの上にまで、本や文献、そしてスライドや写真が山積している。最近、健康のために自転車通勤を始めたのはいいが、大事な愛車が盗難に遭っては困ると、立派な競技用自転車まで教授室に持ち込むようになった。どう見ても、教授室というよりは物置の趣である。

一方のミチルは、「手の届くところに何もかもがないと嫌」と公言しているとおり、使ったものを脇にどんどん積み重ねる癖がある。それがうずたかくなり、ある日突然雪崩《なだれ》が起き、机の上が大惨事になって初めて、彼女はブツブツ言いながら片づけを始めるのだ。片づけといっても、傍らの本棚に一切合切を押し込め、作業スペースを確保するだけのことなのだが。

そんなこんなで、何か資料なり道具なりが所定の位置に見あたらないと、教室員はまず、都筑とミチルに持っていないかと訊ねる。事実、八割以上の確率で、二人の築いた山のどこかに埋もれていると言っても過言ではない。

「あれ、そういや教授はまだかよ？　部屋の電気消えてるけど」

「今日は、兵庫のH医大に講義に行ってますにゃ。あちらでお昼を頂いてから帰ってくるから、三時頃になるだろうって仰ってました」

すかさず峯子が答える。ミチルは、ホルダーで肩を叩きながら冷ややかに言った。

「残念だったわね。珍しくちょっとばかり早く来たのに、都筑先生が出かけてて」

「まったくっすよ。ああ、そんなことなら、昼まで寝てから来りゃよかった。今からでも、図書館行って寝てこよっかな」

伊月は本当に眠そうな血走った目で、うーんと大きな伸びをした。

そんな伊月に、峯子は母親めいた口調で小言を言った。

「早く来たって言ったって、教室で最後じゃないですか。で、さっきの話ですけど、そんな眠そうにして、昨夜はどこにお泊まりだったんですか？」

その問いかけに、伊月はあからさまにギョッと目を見張った。格好をつけていても根が正直な伊月は、隠し事ができない性格なのだ。

「と、泊まりって何でそんなこと……」

ミチルもニヤニヤしながら口を挟む。

「だって伊月君、毎日必ず服替えて来るじゃない。それが、昨日と今日は同じ服。ってことは、昨夜はどこかでお泊まりってことだわ。そのくらい女にはすぐわかっちゃうわよ。ねえ、ネコちゃん」

「ね、先生。で、どこのお姉さん宅にお泊まりだったんですか？」

伊月は、うんざりした様子で首を振った。

「二人とも嫌な勘ぐりをしないでくださいよ。確かに泊まりは泊まりですけど、昨夜は女じゃないっすよ」

「昨夜『は』！」

言葉尻を捉えて、峯子がキーンと耳をつんざくような声を上げる。伊月は慌てて両手を振った。

「あー、俺だってまっとうな成年男子なんだから、夜の生活はトップシークレットだけどさ。けどネコちゃん、昨夜はそんなロマンチックなもんじゃねえの。猫の相手」

「あ……もしかして、ししゃもですか？」

「そうそう。筧《かけい》の奴が昨日遅くなって、俺、ししゃもに餌やりに行ったついでに、あいつんちに泊まっただけ」

ああ、と峯子はようやく納得したように頷いた。

「ししゃも」とは、今年の夏、とある事件が一応解決を見た夜、T市内の某墓地で、T署の新米刑事である筧兼継《かねつぐ》と伊月、そしてミチルが拾った子猫のことである。

伊月が居酒屋メニューからとって「ししゃも」と名付けたその子猫は、筧の暮らす木造アパートで飼われることになった。だが、筧は刑事という職業柄、家に帰れないことがけっこう多い。そんな時は、伊月が筧家に立ち寄り、ししゃもに餌をやることになっていた。

　伊月と筧は小学校時代の同級生であり、伊月はO医大の院生として、筧はT署の刑事として、十数年ぶりにこの春、再会を果たしたのである。

　仕事柄、T署で事件があれば必ず、そうでないときも下っ端ゆえに雑用を押しつけられ、筧はしょっちゅう法医学教室に顔を出す。

　伊月にしてみれば、かつていじめっ子から自分を守ってくれた筧が、相変わらず自分の世話を焼こうとするのがまんざらでもないらしい。そうでなくてもちょくちょく筧家に出入りしていた伊月は、ししゃもが来てからというもの、ほぼ毎日筧家に寄り道しているのだった。

　いつもは餌やりがすんでしばらく遊んだ後帰宅する伊月だが、昨夜はどうやら、そのまま筧のアパートに宿泊したらしい。それで、昨日と同じ服で出勤する羽目になったのだ。早めに教室に到着したのも、筧の家が大学から比較的近いところにあるからだろう。

　伊月の外泊の「真相」は、ミチルと峯子には、すこぶるつまらないものだったらしい。すっかりテンションの下がった声で、ミチルはこう訊ねた。

「なーんだ。つまんないの。そんで、ししゃもも筧君も、元気?」

伊月は顔を顰《しか》め、白衣ごとシャツの袖を少しめくり上げた。見れば、前腕に線状の浅い傷が縦横無尽に走っている。

「ししゃもは、過ぎるほど元気です。拾ったときの倍以上大きくなりましたしね。見てくださいよ、これ」

「あらら。引っかかれたの」

「ちょっと遊んでやったら、大興奮しちまって。傷だらけっすよ」

伊月はげんなりした表情でそう言うと、袖を直して大欠伸《あくび》した。本当に眠いらしい。

ミチルは、大テーブルの上に簡易スライド映写機を出しながら話を続けた。

「だけど、筧君ちに泊まったってことは、彼、昨夜は留守だったの? 一晩中、ししゃもと遊んでた?」

伊月も、ミチルの出してきた症例に興味があるらしく、椅子に座ってスライドを映写機にセットしているミチルの背後に立った。

「いや、ししゃもは遊び疲れてとっとと寝たんですけどね。俺までちょっとうたた寝した隙に終電逃しちまって、ちょうどその頃、筧が帰ってきて。一緒に飯食ったあと、ずーっとゲームしてました。そんで寝不足」

「あらら。相変わらず忙しいのね、筧君」

ミチルは、ふと筧の顔を思い浮かべた。用事があってスーツで来るときも、解剖に立ち会うために出動服で来るときも、長身で体格がいい筧は、パッと人目を引く。

決して、素晴らしくハンサムなわけではない。しかし、浅黒い面長の顔に、セサミストリートのマペットよろしく「太い眉・黒目がちのギョロ目・真っ直ぐで大きな口」が乗っているというどこか愛嬌のある容貌は、見る者に好感を抱かせずにはいなかった。おまけに、いついかなるときも笑顔を忘れないとくれば、なおさらである。

そんな筧が、ほっそり……というか痩せっぽちで、モデル張りに顔立ちは綺麗だが、いつもふてくされたような顔つきの伊月と一緒にいるところは、なかなかに面白い光景だ。

……と、そこまで思考が至ったところで、ミチルはふと顔を上げて訊ねた。

「で、筧君ちにあるゲームっていったら、やっぱり刑事っぽい奴？　街を守るため、ゾンビやモンスターを撃ちまくるのとか」

「違いますよ。そんなガキくさい奴じゃなくて、ＰＣゲーム。あいつ、あれで家にパソコンなんか持ってやがるんです」

「パソコン？　ああ、デスクワークの持ち帰りとか？」

「持ち出しOKな仕事は限られるらしいですけどね。俺なんかスマホばっかりだけど、あいつは自宅のパソコンからもメール打ってきますもん。で、ネットゲームまでやってんですよ。……それ、何の症例っすか」

ミチルは背中で伊月の話を聞きながら、さくさくと自分の作業を進めている。古びた小さな映写機は、白い壁面にスライドを映写することもできるが、どうやら今は、スライドの写真を軽く流し見したいだけらしく、ミチルは映写機備え付けの小さな画面を覗き込んだ。

解剖台に横たわる高齢男性の写真。ミチルは、過去の検案書を綴じたバインダーを、机の上に広げた。

「もうずいぶん前の、高齢者虐待の症例よ。来年、春の総会で発表する前に、秋の地方会で数例取り上げてみようかと思って」

「高齢者……虐待？」

「そう。私が今、興味を持ってるテーマなの。テーマ的にはちょっぴり貧乏くじだけど、しばらく追いかけてみるつもり」

「高齢者虐待って、あれっすか、児童虐待とか、DV（ドメスティック・バイオレンス）とかとの並びの？」

伊月は、ミチルの隣の椅子を引いて腰を下ろした。検案書に素早く目を通す。

死因は、全身を多数回強打されたことによる、外傷性ショック。簡略に書かれた状況欄には、「全身を木製の棒で多数回殴打されたもの」と書かれている。

「これ、誰にやられたんです？」

伊月の問いに、ミチルは簡潔に答えた。

「実の息子」

「マジっすか？　実の息子が、こんな全身紫色になるまで、親父を殴る？」

伊月は男にしては細い眉を顰め、小さなモニターに見入った。ミチルは小さく肩を竦《すく》め、こともなげに答える。

「べつに珍しいことじゃないわ」

「だって、実の親子ですよ？」

「みんな、高齢者を虐待するのは、家族の中の他人、つまりお嫁さんとかお婿さんだとか思ってる人が多いみたいだけど、それは偏見ね。実の子供が親を虐待していることも、かなり多いの」

「へえ。そりゃ意外だな」

「どうして？」

「どうしてって……。だって、血が繋がってるのに。ま、確かに俺、親父とすげえ仲良しってわけじゃないですよ。高校の頃はケンカもけっこうしたけど、殺したいとまでは」

「殺したいと思ってたわけじゃない例も多いんじゃないか……と思うのよ、私」

ミチルは、スライドをガチャガチャと入れ替えながら低い声で言った。男性の皮下出血や挫創《ざそう》が点在する頭部・顔面のアップ、ほぼ全体が紫色の皮下出血に覆われた細い腕……と、身体の様々な部位が、モニターに現れ、消えていく。どのスライドも、執拗な暴力の痕跡を、生々しく記録していた。

「殺したいと思ってないなら、どうしてこんな酷《ひど》いことになるんです？」

ミチルは、スライドをどこか虚ろな目で見ながら、ぼそぼそと言った。

「虐待ってね、些細なことから始まるの。たとえばこの人の場合、認知症のせいで、時々失禁していたそうなのね。考えてもみて。それまで家事もろくにしたことのない大人の男の人が、そこそこの歳になってからいきなり親の介護よ。毎日二十四時間、寝起きの介助から、それこそ下の世話まで。それも、実の父親の」

「それは情けないっすよね、きっと」

「子供の頃から知っていた父親と、今自分の目の前にいる父親のギャップがきっと悲しくて……そのうち、腹立たしくなるんだと思うのね。どうしてこんな親の姿を見なくちゃいけないんだって。それに、いくら実の親子だって、下の世話は綺麗なものじゃないもの。気持ちよくできる作業じゃないでしょう、下着を取り替えて、汚れた身体を拭いて、布団や洋服を洗って……」

伊月は、肩をそびやかした。

「確かにね。それで金もらってるんじゃなきゃ、俺だって気持ちよくはできないと思いますよ。たとえ実の親でもね」

「そう。人って悲しいことに、感謝の気持ちより、怒りや苛立ちのほうがずっと大きなパワーを持ってるような気がする。だから、最初は罵るところから始まって、そのうち、失禁を重ねるたびに、つねったり、軽く叩いたり……。それが毎日続くうちに、エスカレートしてくるんだと思うの」

感情のこもらない声で淡々と言うミチルを胡乱《うろん》げに見遣り、伊月は居心地悪そうに身じろぎした。

「つまり、つねるが叩くになって、それが殴る蹴るになって、回数と強さが増えて……。相手に暴力を振るってるって感覚が、麻痺してくるわけっすか」

「私も経験したわけじゃないから、あくまでも推測だけど。でも、相手を殺してしまうほど激しい暴力を振るってたつもりじゃないのかもな、って思うことがある」

「そんなもんかなあ……。確かに人間はたいていのことに慣れちまうけど、暴力にまで慣れちまうのかなあ」

伊月は、気怠《けだる》げにテーブルに片肘を突いた。ミチルは、学会で使うスライドを選びながら、クスリと笑った。

「ちょっと。人の学会ネタで、伊月君がそこまで憂鬱《ブルー》になることはないでしょ」

だってミチルさん、と不満げに唇を尖らせ、伊月はテーブルに頬杖をついた。

「朝っぱらからそんな話聞いて、ご機嫌になれるほうがどうかしてますよ。すげえブルー入った。……っつっても、それが事実なんだろうな。だけど、実の親子でそれって、何つーか、上手く言えないけど、痛いなあ」

根が真面目で繊細な伊月は、この手の話を耳にすると、つい真剣に考え込んでしまう。ミチルは、使わない予定のスライドをホルダーに戻しながら、戒めるような口調で言った。

「あんまり考え過ぎちゃ駄目よ。こういう問題って、感情論から入ったってろくなことにならないんだから。学問としてやる気がないなら、さらっと聞き流してちょうだい」

「じゃあ、ミチルさんは学問としてしか考えてないってことですか?」

子供扱いされたようで面白くないと、伊月の顔には大きく書いてある。ミチルは苦笑いでかぶりを振った。

「そうじゃないけど……でも、まずは文献を読んで、症例報告や統計的資料から頭にたたき込もうと思ったわ。全体像を把握していないと、一つ一つの症例に引っかかって、とても研究にならないと思って」

「把握して、それからどうするんです？」

一瞬言葉に詰まったミチルは、ちょっと嫌そうに片眉を上げて、伊月を斜めに見た。

「あんまり追及しないでくれる？　そこんとこ、私の中でも何となくまだモヤモヤしてるんだからさ」

伊月は、口をへの字に曲げてミチルを見返す。

「べつに虐めてるわけじゃないですよ。単に俺、こんなのどうやって研究対象にすんのかなあって、不思議に思っただけだから。……モヤモヤって、どんなふうに？」

「ん……。どう言えばいいのかなあ。各症例を分析して、既存の虐待の分類に従ってカテゴライズするのは難しくないんだけど、それをやってる自分が強烈に嫌になるわけ」

「どうして」

「そういう作業を機械的にこなしてる自分が、人の不幸を高いところから見てる、凄く嫌な奴みたいに思えてくるのよ」

ミチルは、眉間に思いきり皺《しわ》を寄せ、不機嫌に言い放った。

「気持ちはわかりますけどね。それじゃ、今回の地方会の発表は、どういう方向で行くつもりなんです？」

手持ち無沙汰の伊月は、座ったまま冷蔵庫を開け、残り少ない緑茶のペットボトルを取り出し、そのまま口をつけた。

ミチルは、検案書をめくり、付箋のついている何枚かを伊月に見せた。

「とりあえず、今回は来年春の法医学会総会に向けての肩慣らしってとこなんだけど。法医学会で高齢者虐待の報告って、そう多くはないの」

「へえ。児童虐待は、俺がここに来たばっかかの総会でも、いくつか症例報告があったのに」

「あれはいいのよ。言い方は意地悪だけど、注目の案件だから、研究してもやり甲斐があるはずだわ。法律も徐々に改正されて、世間からの関心も高いし。それに、児童虐待問題は扱い甲斐があるのよね」

空っぽのペットボトルを両手でクルクル回しながら、伊月は怪訝そうに眉根を寄せる。

「高齢者虐待と、何がどう違うってんです？」

「大きな違いは……子供の意思は、ある程度無視できる。子供が虐待を受けても構わないから自宅に留まりたいと願っても、それを大人は却下して、強制的に保護施設に収容することができるわ。法律もその決断を支持してくれる。それに……大声で言えやしないけど、ほら、何より子供には未来があるでしょ」

「それってつまり、お年寄りには自分の意思がハッキリあって、それを尊重してやらなきゃいけないから、第三者の介入が難しいってことっすね。それに高齢者には、未来がない？」

「子供に比べれば、ね。誰もそこまでストレートに言いはしないけど、それはどうしようもない事実でしょう。そうなるとどうしてもみんな、子供たちのほうに熱意を向けるわ。誰だって、報われやすい研究テーマを求めるもの」

それはもっともな話なので、伊月はすんなりと納得する。

「なるほどね。で、無知な法医学会を、ミチルさんが啓蒙しようってことすか？」

「馬鹿ねえ。そんな大それたこと、考えてるわけないじゃない。面倒はごめんよ」

ミチルはクスリと笑い、映写機のスイッチをパチリと切った。

「どこまでどんなふうに、この問題を追いかけていこうかなんてこと、まだ考えてないわ。手を着けたばかりだもの。だから今回は、お決まりのコースを行く」

「高齢者虐待問題を皆さんにご紹介って奴？」

「そうそう。概念とか分類とか、そういう基礎的な話をするだけで、与えられた時間の半分は終わっちゃうわ。だから、あとはほんの数例、症例報告をすれば、それで綺麗にまとまるでしょう」

「なるほどねー。で、地方会で聴衆の反応を見つつ、総会に備えるわけだ。けっこう計算高いっすね」

「べつに楽しようとするわけじゃないけど、学会の使い方ってそんなものよ。それより伊月君、自分の発表の準備は……あ、来たかな」

ミチルは話を打ち切って、扉のほうを見た。実験室の扉が開く音、廊下を歩く足音に続き、セミナー室の扉が勢いよく開いた。

「先生！　お二人とも来はりました。お願いします」

コミカルな丸眼鏡と両サイドを残して見事に禿げ上がった頭が特徴的な初老の男が現れる。技師長の清田《きよた》松司《まつじ》だ。

「三代の教授にお仕え」してきたことを何よりの誇りにしている彼は、五十歳を過ぎた今なお、小柄な身体に有り余るパワーを蓄えているらしい。とにかく動作がコマネズミのように忙《せわ》しなく、何をするにも大きな音を立てる。

「あーはいはい。伊月君も手伝ってくれる？」

ミチルはスライド映写機を戸棚に片づけながら、伊月に声を掛けた。

「何すか？」

「親鑑《おやかん》」

親鑑とは、親子鑑定のことである。以前から法医学教室では、裁判所から嘱託され、血液型及びDNA型判定による親子鑑定を行ってきた。最近では、民間企業も親子鑑定業務を行っており、そちらのほうが気軽に受けられそうなものだが、やはり裁判沙汰になると、こちらに検査依頼が持ち込まれるのだ。

ただ、いつもは教室の代表者である都筑が検査試料の採取を行うので、これまで伊月は親子鑑定にはノータッチだった。

「珍しいな。都筑先生がいないときに？」

「うん。どうも、旦那さんが死んじゃってから、奥さんの知らない女性が突然子供を連れてきて認知請求を……ってケースみたい」

「ああ……よくあるパターーンっすね」

「うん。で、旦那さんの血液は幸い病院に残ってるから、あとはその女の人と娘さんのほうのサンプルが必要なの。女の人は一週間前に一度来て、その時に都筑先生の説明を聞いてるわ。娘さん、今日が小学校の創立記念日なんですって。だから今日しか駄目だったみたい」

「なるほど」

白衣を羽織ってセミナー室を出て行くミチルの後に、伊月が続く。

「はあ。やっと静かになったわ。やっぱ、有能秘書の仕事場は、こうでなくっちゃね」

急に静かになったセミナー室で、峯子はひとり、満足げに伸びをした……。


実験室には、三十代前半くらいとおぼしき女性と、七、八歳くらいの女の子がいた。女性は、ミチルの姿を見ると、スツールから立ち上がり、軽く一礼した。ミチルとは面識があるらしい。

女性の隣で、彼女の娘らしき少女は、よそ行きのワンピースを着せられ、スツールに足をぶらぶらさせて座っている。丸い頬のそこそこ愛らしい顔立ちをしているが、表情がやけに硬いのが、伊月の気にかかった。

(……ま、アレか。どんな親子鑑定だって、親はそれなりに目的があってやるんだろうけど、子供には迷惑なだけだもんな。休みの日にこんなとこに連れてこられりゃ、不機嫌にもなるわな)

伊月はそんなことを思いつつ、邪魔にならないよう、清田の隣に立った。

「先生、おはようございます。よろしくお願いします。こちらが娘で」

「こちらこそ。先日お話ししたとおり、今日は都筑教授が外出中ですので、代理で私がお世話させていただきます」

「はあ。……あの、あの人のＤＮＡのほうは……」

「ええ、男性のほうの試料は、おっつけこちらに届くことと思いますのでご心配なく。ではまず、ご本人の確認をさせていただきます」

ごく事務的な短い会話の後、ミチルは早速親子鑑定の試料採取にかかった。

まずは二人の胸部から上を、前後左右の四方向から清田が写真撮影する。それで、親子三人の骨格的な類似点を検討するのだ。伊月は、バックグラウンドの明るさを統一するための、大きな白いボードを持つ役を買って出た。

それが終わると、技術員の森陽一郎《もりよういちろう》が試験管を持ってやってきた。母子の唾液を、そこに採取する。その間に、ミチルは手早く作業机をアルコールで清拭し、採血の用意を調えた。

先に母親が唾液の採取を終えたので、ミチルは母親の肘窩《ちゅうか》部から、十ミリリットルの静脈血を採取した。赤黒い血液が入った試験管は、すぐに清田に手渡される。速やかに遠心分離器にかけ、血清と血球に分離するためである。

すべてが事務的、機械的に進む中、伊月だけが何となく手持ち無沙汰で落ち着かない気分だった。

（何か、ファミレスみたいだな。誰がどういう状況で行こうと、可愛いお姉ちゃんがニッコリ笑って『いらっしゃいませ、ご注文はお決まりでしょうか』って迎える感じでさ。相手がどんな気分でいるとか、全然関係ねえんだな）

無論、親子鑑定といえどもやることは実験操作と何ら変わるところはないし、いちいちやってくる親子の家庭の事情を気にしていては仕事にならない。それに、これくらいロボットめいた態度で接せられたほうが、複雑な事情を抱えてやってくる人々には、かえって楽なのだろう。

（それはわかってんだけど、やっぱこういうの、まだ慣れねえなあ、俺）

伊月は、妙に肩が凝ってきたような気がして、首をコキコキと鳴らした。

「お子さんは、小児科にお連れしましょうか。そのほうがドクターが子供の採血に慣れてますから……」

ようやく唾液の採取を終え、母親の許《もと》に戻ってきた娘を見遣り、ミチルは訊ねた。

「そうですねえ。そうしていただけたら……」

「やだ」

母親は申し出を受けようとしたが、その時、それまで一言も口をきかなかった娘が、おもむろに強い拒否の言葉を口にした。

採血を恐れているのだと思ったミチルは、少女の前にしゃがみ込んで言った。

「あのね、怖くないのよ。小児科の先生は、子供の採血がとっても上手なの。だから」

「やだ。このお兄ちゃんがいい」

少女が指さしたのは、よりにもよって伊月であった。一同の顔に、困惑の色が浮かぶ。清田と陽一郎が、あからさまに心配そうな視線を伊月に向ける。「できる？」と少女の前にしゃがんだままのミチルに目で問いかけられ、伊月はふてくされたように両手を腰に当てた。

「心配しなくても、できるっすよ、採血くらい。……ほんじゃ、そこ座って」

伊月はそう言って、作業机の前に置いたスツールを指さした。素直に頷き、少女は無表情なままでそこに腰掛ける。

医学生時代も、法医学教室に入ってからも、採血はかなりこなしている伊月である。だが、実を言えば、子供の採血はこれが初めての経験だった。平静を装っていても、心臓が口から飛び出しそうにドキドキしている。早くも、手のひらにじっとりと汗が滲んできた。

(自信はないけど、みんなにああ不安そうに見られちゃ、やってみせないわけにいかねえじゃん……)

じっと見ていると伊月を緊張させると思ったのか、陽一郎と清田は、目配せして実験室から姿を消した。

ミチルは、伊月の前に、そっと何かを置く。

「翼状針《よくじょうしん》。これで失敗したら、学生以下よ」

「あ……ども」

決まり悪そうに受け取る伊月にちらと笑いかけると、ミチルはこれまた心配そうな母親に声をかけた。

「ご心配なく。伊月先生は、採血がとても上手ですから。では、お母さんは今のうちに、向こうの部屋で書類にご記入いただけますか?」

「あ……はあ。じゃ、おとなしくお利口にね」

母親はなおも不安げに、しかしミチルについて実験室を出て行った。

「さて、そんじゃやるか」

少女に、というよりは自分自身にそう言い聞かせ、伊月は手のひらの汗を白衣で拭った。やはり無表情なままの少女の左腕を取り、採血用の枕に乗せてやる。

注射器の準備をし、肘窩を指で探ってごく細い静脈の走行を注意深く確かめながら、伊月は少女に声をかけた。

「緊張すんなよ。上手くやるからさ」

だが、数秒の沈黙の後返ってきたのは、伊月には思いもよらない台詞《せりふ》だった。

「緊張してんのは、お兄ちゃんやん」

伊月は、そんな少女の声に、ムッとして視線を上げた。

「うっせえよ。ガキだろうが婆さんだろうが、女の腕に針刺すことに変わりはないんだ、緊張しないわけがねえだろ。だいたい、何だって俺を指名なんかしたんだよ？」

周囲に誰もいないので、伊月の言葉遣いはうんとくだけたものになっている。少女は、初めてその顔にちらと笑みを浮かべた。

「だって、かっこええもん」

「へえ。そりゃどうも」

小学生に「かっこいい」と言われたことは初めてなので、伊月はどうリアクションしていいかわからず、とりあえず肩を竦めて見せた。さっきよりは幾分リラックスした気分で、翼状針のピンク色の「羽根」の部分を指先でそっと摘む。少女の肘窩のアルコール綿で消毒した部分に、伊月は針を近づけた。

「チクッとするぞ？」

少女は無言だった。目を逸らしもせず、じっと伊月の手元を見ている。

（ちぇっ。やりにくいガキだな）

心の中で舌打ちして、伊月は半ばヤケクソの覚悟で滑らかな薄い皮膚に針を刺した。

幸い、細い針は一度目のチャレンジで血管に入ったらしい。針に続く細い管の中に、どす黒い静脈血が流れ込んでくる。あとは、ピストンを引けばいいだけだ。

「ねえ、お兄ちゃん」

「ああ？　痛いか？」

少女はかぶりを振り、注射器の中に吸い込まれていく自分の血液を見ながら口を開いた。

「この血ぃ、お母ちゃんとお父ちゃんのと一緒に調べるん？」

「ああ」

少女がどこまで母親から話を聞かされているのかわからないので、伊月はごく簡単に答えるに留める。

「そっか……」

何やら考えている様子の少女に、伊月は眉を顰めた。

「それがどうかしたか？」

少女はちょっと考え、それから思い切ったようにこう言った。

「どうなってたらええのん？　私の血がどうなってたら、お父ちゃんの子供ってことになるん？」

「そ……そりゃさ。血液型は知ってるだろ？　両親の血液型とあんたの血液型が無理のない組み合わせでさ、それからＤＮＡ……ああ、言葉がわかんねえよな。とにかく、血液から、人間の設計図が読めるんだ。ほんのちびっとな。あんたの設計図ってのは、お父さんとお母さんの設計図から半分ずつもらって出来てるもんだ。だから、それが」

「私の設計図の半分がお父ちゃんのやったら、私はお父ちゃんの子供ってわかるん？」

「ま、そういうことだな」

「ふーん。そうなんや」

伊月は採血を終え、ぷっくり血の球が盛り上がった注射痕にアルコール綿を押し当てた。

少女は、注射器から試験管に移し替えられる血液を見て、静かな声で言った。

「そうやったらええなあ」

そうだな、ですませるべきだと思いつつも、伊月は思わず反射的に訊いてしまっていた。

「何でそう思う？」

訊ねておいて、伊月は頭を抱えたいような気分になった。

（しまった。クライアントの家庭の事情に首突っ込んでどうすんだよ。しかも子供相手だぞ。何考えてんだ。最低じゃねえか）

「あ、あのな、今のは……」

今のはナシ、忘れてくれ。そう言おうとした伊月を遮るように、少女はふー、と溜め息をついた。

「お母ちゃんが言うてたもん。私がお父ちゃんのホンマの子供やったら、お金ようけもらえるて。なーんも心配なくなるて」

「……うん」

伊月は、どう返事していいかわからないまま少女から目を逸らし、傍らの菓子の缶を開けた。中に入っているハローキティの絆創膏を一枚出し、すっかり血が止まった注射痕に貼り付けてやる。

「お金ようけもらえたら、お母ちゃんもっと楽しそうになるかも。お父ちゃんってどんな人か知らんけど、ホンマのお父ちゃんやったらええな。なあ、お兄ちゃん」

「あんたさあ……」

無邪気に同意を求められ、伊月はいけないと思いつつ、問いを重ねてしまった。

「お父さんが好きだから、じゃなくて、金がいっぱいもらえるから、本当の子供でいたいのかよ」

「だって、お父ちゃんには会ったことないもん。けど、お母ちゃんは大好き。だから、お母ちゃんが嬉しかったら、私も嬉しいもん」

「そっか……」

「うん。それに、お金あったら何でも好きなもん買えるやん？　お金くれるんやったら、いっぱいほしいやん」

「あー、なるほどな」

「うん！」

やはり子供らしく、大好きなキャラクターの絆創膏に嬉しそうに触れつつ、少女はこっくりと頷く。最初はやはり緊張していたのだろう。大人びて見えていた顔が、今は年相応にあどけない。

「さてと。採血終わったし、お母さんのところへ行くか」

伊月はやりきれない思いで、彼女の手を引き、セミナー室にいるはずの母親の許へと向かった。


「何？　手伝わないんなら、そこどいてよ。視界にあんたのお尻が入って邪魔だわ」

遠心分離済みの母娘の血液を、それぞれの成分ごとに小さなチューブに詰めるミチルの作業を、伊月は机の端に腰掛け、ぼんやりと眺めていた。ミチルは、いかにも邪魔そうに目を眇《すが》め、伊月の魂が抜けたような顔を見上げた。

「別に。ただ、検査結果がどうなるんだろうなって思ってただけで」

「どうして？　珍しいわね、伊月君がそんなこと気にするなんて」

伊月は気障《きざ》な仕草で肩を竦める。

「さあ。うっかりあのガキと喋ったりしたからかな」

チューブの蓋をきっちり閉めたミチルは立ち上がった。フリーザーにチューブを入れたボックスを収め、なおも自分の動きを目で追う伊月に苦笑いする。

「聞いたわよ。あの子にかっこいいとか言われたんだって？　おだてられて情が湧いたの？」

「そういうことをペラペラ喋るのは、森君あたりだな。畜生、いつの間に戻ってきてたんだ」

「陽ちゃんは唾液の加熱処理をしなきゃいけないのに、出て行ったきりなはずがないでしょ。それに、伊月君が彼女から採血したかどうか、確認する責任が私にはあるわ。ちゃーんと物陰から見てました」

「げっ。……じゃあ……聞いてた……っすか、もしかして、全部」

「聞いてたわよ。ああ、全部じゃなくて、採血してる間の、ちょっぴりだけだけどね。それでも、飛び出していってあんたの口を塞いでやろうかと思った」

ミチルは真顔になって、伊月を軽く睨んだ。

「駄目じゃない、子供だっていっても、検査の対象者と個人的な言葉のやりとりをしちゃ。今回は私と陽ちゃんと清田さんで検査をすべてやってしまうからいいようなものの、伊月君が検査スタッフに入ってたら問題よ」

「べつに当事者と喋ったからって、検査結果に差が出るわけじゃ……」

「検査といっても、人間がやることよ。私情が結果に影響しないとは言い切れないわ。私たちは、如何なる場合でも中立の立場でいなければならないの。以後、気をつけなさい」

ミチルはピシャリと言い放った。言い返す言葉が一つもない伊月は、ただ子供じみた膨れっ面をする。それを見て、ミチルはようやく弟に対するようないつもの口調で問いかけた。

「わかってるわよ、伊月君に悪気がなかったのは。詮索しようと思ってあんなこと訊いたわけじゃないんでしょ。それで？　どうしてそんなへこんだ顔つきしてるわけ？」

「んー……あの子の言葉すべてが嫌だったんすよ、どうしようもなく。あ、違うな。ホントに俺が嫌なのはあの子の言葉じゃなくて、こんな世の中のほうかな」

「大袈裟ね」

「でもないですよ。あんな小さな子が、自分の遺伝情報が金づるになることを知ってるなんて、嫌な話じゃないすか」

吐き捨てるような声音に、ミチルも眉を曇らせる。

「金づる？」

「ああ、そこまでは聞いてなかったんですか。自分が父親の実子ならお金がもらえるなんてことを、あんな小さな子が知ってるんですよ。楽して金が貰えるなら嬉しい的なことを無邪気に言われた日にゃ、もう……」

勢いづいて愚痴をこぼす伊月の口を、ミチルは慌てて塞いだ。

「あー、駄目じゃない。全部聞くと私に私情疑惑が生じちゃうと困ると思って、とっとと部屋を出たのに、結局聞いちゃった！」

「あーあ。ま、とにかく。ガキってのはよくわかんないですよ、俺には。あの子にしたって、何か可哀相な気もするし、でもやけにしたたかな感じもするし、ああ、どうなのかなあ。俺たちがガキの頃は、もっと単純に子供は馬鹿な生き物だったような気がするんですけどね」

投げやりにそう言って、伊月は髪を縛っていたゴムバンドをするりと引き抜いた。少し癖がついてしまった長めの髪を、手櫛で整える。それを聞いて、ミチルは可笑しそうに言った。

「どうだか。時間が経ちすぎて忘れちゃっただけで、けっこう私たちが子供の時も、いろいろ難しいことを考えていたかもよ？　年寄りが自分たちのかつての無鉄砲を都合良く忘れて、『今の若い者は』って言うのと同じでさ」

「そうですかね。俺もあんなませたガキだったかなあ」

ミチルはクスクス笑った。

「まあ、筧君はあのまんまの素直で可愛い子供だったんでしょうけど、伊月君なんて、ひねくれたこといっぱい言ったりやったりする憎たらしい子供だったんじゃないの？」

「あ、ひでえ！」

ほっそりした輪郭が台無しの膨れっ面で、伊月は文句を言った。その目が、チラリと壁掛け時計を見る。

「と、もうこんな時間か。ミチルさん、昼飯食いにいきません？」

「いいわよ。作業がキリのいいところだから。外食？　それともパンでも？」

「昨日も一昨日も、解剖続きでパンしか食ってないでしょ、俺たち。今日くらい、まともな飯食いませんか」

「それもそうか。今週初めてだものね、こんなのんびりした午前」

「そうそう。たまには暇を満喫しないと」

伊月は、さっそく白衣を脱いだ。ミチルも実験机の上を片づけつつ、「そういえば」と首を巡らせた。

「ごめん、今思い出したけど、私、伊月君の話聞きかけで止めてたわね」

「へ？　そうでしたっけ」

当の伊月は、実験室の流しの辺りで足を止め、キョトンと首を傾げる。

「うん。親鑑の前……ううん、それより前だわね。ほら、私がスライド見せて地方会の話をする前。伊月君、昨夜の話をしてたでしょう。筧君ちに泊まって……ええと、何だっけ。そう、筧君がパソコン持ってて、パソコンでゲームやるって話だったんじゃない？」

「ああ、そういえば」

ポンと手を打った伊月の顔に、ようやくいつもの調子が戻ってくる。

「そう、そうっすよ！　聞いてくださいよ。ＰＣゲームっつっても、侮れないもんなんだから！」

急に勢いづいた伊月を、ミチルは両手を振って窘《たしな》めた。

「はいはい、その話は食べながら聞くから、とにかく食事に行きましょう。都筑先生がいないときくらい、昼休みはゆっくり……ね？」

珍しくミチルからのちょっとしたサボり提案に、伊月が一も二もなく同意したことは言うまでもない……。

間奏　飯食う人々　その一

長い昼休みをとる時はここに限るという店を、誰でも職場の近くに一軒や二軒、持っているものだ。

そんなわけで、教授不在のやや優雅なランチタイムを満喫すべく、ミチルと伊月は、ＪＲの最寄り駅近くのフランス料理店に来ていた。ランチタイムに、一階のラウンジスペースで格安の日替わり定食を出すことで、人気の店だ。

そこで本日のランチであるチキンキエフを食べながら、伊月は待ちかねたように口を開いた。

「えっと……で、どこまで喋りましたっけ」

「伊月君が昨日は筧君ちにお泊まりで、その筧君がアパートにパソコンを置いてて、それでゲームをやるってところまで。そのゲームを、伊月君もやらせてもらったわけ？」

「ああ、そうそう。ミチルさん、ＰＣゲームってやったことあります？」

「んー。ソリティアみたいなカードゲームなら。そういうのとは違うの？」

「全然違いますよ。そんなんじゃ話にならねえなあ。もっと凄い奴があるんすよ」

「何よ、偉そうに。もしかして、そのＰＣゲームって、アダルト？」

ミチルは、大きめに切ったチキンに中から溶け出したガーリックバターをまぶしながら、面白そうな顔で伊月に囁《ささや》いた。途端に、伊月の細い顔に赤みが差す。

「じ、冗談じゃないっすよ。そんな話なら、男どうしでしますって。ってか、俺はそこまで寂しい男じゃないです！」

「あーはいはい、わかったから、続きを聞かせて」

ミチルは軽く手を振ってムキになる伊月をいなす。伊月は、膨れっ面で話を再開した。

「ったく、俺を何だと……。ま、いいや。とにかく、そのＰＣゲーム……っていうか、インターネット上でやるゲームだから、ネトゲって言ったほうがいいのか。それを昨日やってみて、俺マジ吃驚したんすよ。あんまり凄くて」

「どんなゲームで、どう凄いのよ」

カリッと揚がった鶏肉を、綺麗な顔が歪むほど大口に頬張りながら、伊月は不明瞭な口調でこう言った。

「ミチルさん、『AW』って知ってます?」

「AW? 知らないわ。何かの略よね?」

「アメイジング・ワールド。それがゲームの名前なんすよ」

「驚くべき世界……。変なタイトル。それいったいどんなゲーム?」

「それがね。筧の奴、変なものが好きなんすよ。どういうジャンルかってーと、『生活ゲーム』って感じかな」

それを聞いたミチルは、手を止めて首を傾げた。ようやく伊月の話に興味をそそられたらしい。

「生活ゲーム? 何それ。ロールプレイングとか、育成とか、シミュレーションとか、そういうのじゃなくて?」

「そういうチンケな奴じゃなくて、ホントに生活なんです。つまり……」

伊月は、行儀悪くフォークを高く持ち上げ、声のトーンを少し高くする。ミチルは呆れ顔で、それでも静かに伊月の話に耳を傾けた……。

それは、昨夜……日付が変わってしばらく経った頃だった。

「……ちゃん。タカちゃんてば」

大きな手にゆさゆさと肩を揺すぶられ、伊月は不機嫌な唸《うな》り声を上げて目を開けた。開いた薄目いっぱいに、筧の日焼けした顔が映っている。伊月は、ゴシゴシと目を擦《こす》りながら、片手を畳について身を起こした。

目の前に、スーツ姿の筧がしゃがみ込んでいる。和室でテレビを見ながらししゃもと遊んでいたはずなのだが、いつしか寝入ってしまったらしい。背中が、鈍く痛んだ。

「んー、あ、お帰り。悪《わり》ぃ、寝ちまってたみたいだな、俺」

「そんなとこで寝てたら風邪ひくで、タカちゃん。眠たいときは、僕のベッド使いや」

筧は、まだ眠そうな伊月の頭をポンと叩くと立ち上がり、隣の洋間へ姿を消した。ほどなく、ジャージに着替えて現れる。

「晩飯は？　ちゃんと食べたんか？」

「んー？　ああ、そういや食ってねえ。でも俺、もう帰るわ」

伊月はそう言って立ち上がったが、筧はちょっと困った顔で壁の時計を指さした。伊月はそれを見て、唖然とした表情になる。時計は、午前一時十五分を指していた。

「そらちょっと無理や。今から駅に行っても、もう電車あらへんで」

「げ。もうこんな時間かよ。しくじった。な、悪いけど、泊めてくれ」

「ええよ。こんな何もない家でよかったら、いつでも泊まってってや。ししゃもも喜ぶし」

にゃーん。

飼い主に同意するように、さっきまで伊月にくっついて寝ていたししゃもも、大きな伸びをしながら鳴き声を上げる。

多忙な筧なりに、できるだけ時間を作り、ししゃもを可愛がっているつもりである。しかし、どうしても毎日のようにやって来ては、餌をやり、遊び相手をしている伊月のほうに、ししゃもは懐《なつ》いているようだった。

もっともミチルに言わせれば、

「ししゃもは、筧君のことを飼い主だと思って尊敬してるのよ。だから遠慮してんの。伊月君のことは、自分の兄弟とでも思ってんじゃない？　だから容赦なくじゃれるのね」

ということらしいのだが。

筧は、冷蔵庫にあったものを使って簡単な野菜炒めを作り、ハムを切った。ご飯は、休みの日にたくさん炊いて小分けにして冷凍したものがあるので、それを使う。

「何か、お前の作る飯って、定食屋の安い日替わりみたいだな」

かなり空腹だったらしい。そんな感想を口にしつつも、伊月は黙々と食事を平らげた。

食後、再び和室にゴロリと大の字になった伊月は、まとわりつくししゃもを指先でかまいながら、台所で洗い物をしている筧に声を掛けた。

「この部屋って、ホントに何もねえな」

筧は、苦笑いしながら振り向かず答える。

「寝に帰ってくるだけやから。余計なもん買いに行く暇も金もないしな。それより、もう眠気飛んでしもたんか？」

「うーん……。眠くないわけじゃないけど、食後すぐ寝たら太るからな」

「女の子みたいなこと言うなあ、タカちゃんは」

筧は最後の皿を洗ってしまうと、手を拭いて和室のほうへやってくる。

「ほな、パソコンでゲームでもやってみるか？」

「ＰＣゲーム？　お前、ゲーマーかよ」

「そこまでやりこむ暇はないけど、まあ、インターネットでちょこっとな。ええ気分転換になるねん」

そう言いながら、筧は和室の隅に置いてあったやや大型のノートパソコンを立ち上げた。ズルズルと畳の上を匍匐《ほふく》前進して、伊月もパソコンに近づき、画面を覗き込む。ししゃもは伊月の背中の上にちょんと飛び乗った。

「『ＡＷ』っちゅうゲーム、タカちゃん知っとる？」

「『ＡＷ』？　何だよそれ。何かの略か？」

「そう。『Amazing World』っちゅうねんて。僕ここんとこ二ヵ月くらいずっとやってるねんけど、面白いねん。タカちゃんもやってみいひんか？」

「どんなゲームだよ。エロゲーとかは嫌だぜ」

「僕はこれでも刑事やで。アダルトゲームなんか、するわけないやんか。ええと、何ていうたらええんかな。とにかく、このゲーム世界で生活するねん」

「はあ？　生活？　何だそりゃ」

「まあ、実物見せながら説明するけど……」

筧は正座して大きな背中を丸め、片手でマウスを器用に動かす。画面にいくつか並ぶアイコンの中から、「ＡＷ」の文字がデザインされたものを選んでダブルクリックした。

数秒のインターバルの後、モニターに大きなドラゴンのイラストが描かれたログインウインドウが開き、ケルト風の音楽が流れ始める。

「こうして、パスワードを打ち込むと……ほら、キャラクターを選ぶ画面になるやろ。この『ジョシュア』ってのは僕のキャラクターやから、タカちゃん用に新しいキャラクター作ろうな」

「へえ。どうやって？」

背中が痛くなってきたのか、筧は畳にゴロリと寝そべり、カチカチとマウスをクリックした。伊月も、その隣で、画面を覗き込む。

「これからやるから、見ててや。まずは、性別からな。嘘ついてもしゃーないし、男でええ？」

伊月が頷くと、画面に「ドール」と呼ばれる人形《ひとがた》が現れた。筧にいちいち訊ねられながら、伊月は、ドールの体格と髪型と服装を決めていった。

「へえ。いろいろ選べるんだな。デザインも服も！　あ、筧。俺、細身な。あくまでも現実の俺を反映して、細身でかっこよく！」

「せやなあ。けど、タカちゃんかっこええから、ドールでは再現しきれへんわ」

他人が聞いたら吹き出すような台詞を真顔で口にして、筧はそれでも一生懸命、伊月の希望に添えるようなコスチュームを選んでやる。

やがて、痩軀《そうく》に肩までの金髪、羽根つきのつばつき帽子を被り、紫のチュニックに黒のロングブーツ、そして濃紺のマントをつけた伊月用のドールが出来上がった。

「いい感じじゃねえか。で、名前つけるんだよな？　お前のその……何だっけ」

「ジョシュア。我ながら気取った名前やけど、一応ホラ、中世ヨーロッパっぽい世界やから、横文字の名前つけるんが、お約束みたいやで。日本人ばっかしやなくて、外国の人も来はるしな」

「へえ。じゃあ俺、何にしようかな。英語っぽきゃいいんだろ？　どうせなら渋い名前にしたいよな」

すっかり乗り気になった伊月は、しばらく考えてから、得意げにこう言った。

「『スカー』！　いい名前だろ。それにしよう。決めた！」

「す……スカー？　聞いたことない名前やなあ。何ぞ由来とかあるん？　外国の俳優さんの名前とか」

「いいや。『スカー』ってのは、医学用語で『瘢痕《はんこん》』のこと。傷跡さ。な、滅茶苦茶渋いだろ」

「タカちゃんらしいわ。はい、ほな交代。あとはタカちゃんが、スカーを『アメイジング・ワールド』にデビューさせたってや」

筧はそう言って、脇に退いた。伊月は代わって、パソコンの前に両肘をついた。寝転んだまま、ゲーム世界へ入るためのアイコンをクリックする。

画面に映し出されたのは、どうやら酒場らしき場所。そこで、伊月のキャラクター

「スカー」は、所在なげに周囲をキョロキョロ見回している。

「おい。これ、こっから俺はどこ行って何すりゃいいんだよ」

戸惑う伊月に、筧はこともなげに答えた。

「好きなことしたらええねん」

「好きなことって……」

筧はふと立っていき、薄いマニュアル本を持って戻ってくる。それをパソコンの横に広げて置き、筧は、ニッと笑った。

「この世界で生活するゲームやて言うたやろ？　何でも好きなもんになれるで。剣士でも魔法使いでも斧戦士でも……ええと、アレやったらコックでも釣り師でも、お針子でも。極端なこと言うたら、なーんもせんでもええし」

「なんだそりゃ。変なゲームだなあ。最終的には、どうなりゃいいんだよ」

「どうもならへん。これは、ゴールのないゲームなんや。マニュアル見ながら、あれこれやって遊んでみ。町の中は安全やから。まだ危険なとこには行ったらアカンで」

「あん？　危険なとこってどこだよ。地理が全然わかんないな」

筧は、伊月の肩をポンと叩くと立ち上がった。

「ま、ゆっくり遊んでてえな。僕、風呂入ってくるわ」

既に伊月は、開いたマニュアルに顔をくっつけんばかりにして見入っており、返事もしない。筧は、苦笑いして浴室に去った。

「んー。へえ、ホントに何にでもなれんだな。面白ぇ。ふむ。ここは町の酒場。あっち行ったら町はずれの森なのか」

腹這いに寝そべった伊月は、興味津々でマニュアルを見ながら、とりあえずはスカーを酒場の外に移動させることにした。ドールは、マウスを動かして指示したとおり、面白いようにスムーズに歩いていく。扉をダブルクリックすると木の扉が開き、町中へ出て行けるようになった。

小さなウインドウの中の世界には、他にもたくさんのドールが行き来していた。体格も性別も服装も雑多で、中には妙な生き物に騎乗しているドールもいる。「何でもできる」という筧の言葉を、伊月は少しだけ理解し始めていた。

「そっか。……たくさん人《ドール》がいるってことは、ここにたくさんのプレイヤーがアクセスしてるってことなんだな。面白ぇ。……マジ、パソコンの中のちっこい世界だわ、こりゃ」

しばらく往来を眺めていた伊月は、自分も何かしてみたくなり、スカーを町じゅう歩き回らせてみた。

町の中には、あたかも実在の世界のように、すべてのものがあった。中世を意識した世界設定なのだろう。建物は木材か煉瓦か石で建築されており、住居の中には、暖炉や木製のテーブル、椅子などが置かれている。

魔法使いらしく、分厚い呪文書を小脇に抱えて歩いているマント姿のドールがいれば、いかにも騎士らしい、色とりどりの甲冑《かっちゅう》に身を包み、刀や斧や盾を構えたドールもいる。そうかと思えば、シャツにスカートにサンダルという軽装の女性ドールがいたりして、街角で人間（ドールだが）ウォッチングをしているだけでも、まったく退屈しない。

建物は住居もあれば商店もあり、ドールたちがそれぞれに鍛えた技能で生産した商品が売られている。伊月は、まるでウインドウショッピングのようにいくつか店を巡ってから、最後にスカーを武器屋に入らせてみた。

「やっぱアレだよな。男なら、剣のひとふりも持ってなきゃな」

そんなことを呟きながら、店に陳列された商品を、一つ一つクリックしてみる。すると、その名前と価格が表示された。たとえば「ロングソード　二百ゴールド」というように。

品揃えはなかなかに豊富だった。刀だけでも、短剣、長剣、青龍刀、日本刀と四種類もある。伊月はいちばん気に入った日本刀をスカーに持たせ、ご満悦で店を出た。

新しい玩具を持てば、それを使ってみたくなるのは、現実でも仮想世界でも同じことである。特に仮想世界では、現実と違い、遠慮なく武器を振り回しても、罪に問われることはないのだ。

「筧が何か言ってたな。町の外は危ないとか何とか」

伊月は、ペラペラとマニュアル内の地図を開いてみた。現在地は、宿屋前。目前の橋を渡れば、そこはもう町外れの森だ。

「『森の中には、動物やモンスターがたくさんいます』……お、いいじゃん。刀を買ったら試し斬り。それが剣士のたしなみってもんだよな」

伊月は筧の忠告など綺麗サッパリ忘れ、マウスを操作した。スカーは、軽やかな駆け足で橋を駆け抜け、深い森へと突入した。

町はドールたちで溢れていたのに、森の木々の間を擦り抜けて奥へ入っていくにつれて、誰の姿も見掛けなくなった。

どうやらこの仮想世界には昼夜もあるらしく、突然画面が暗くなる。

「げ、やば。ええと……ああ、蠟燭《ろうそく》持ってやがる。これを手に持たせて……と。よし」

何とかドールの周囲だけを手に持った蠟燭で照らし、伊月は画面を眺めてホッと息をつく。

と、安堵も束の間、パソコンのスピーカーから、異様な声が聞こえてきた。耳障りなその音が、どうやら獣か何かの鳴き声だと悟ったときには、スカーの前には、巨大なモンスターが出現していた。

スカーの三倍ほどある巨体は、人間の形こそしているが、一つ目の頭が二つ生えている。太い剝き出しの腕と重そうな棍棒《こんぼう》を持った手に、伊月はゴクリと生唾を飲んだ。

「やっべえ……」

心なしか、モニターの中のスカーも、焦っているように見える。モンスターは伊月に向かって棍棒を振り上げた。どうしていいかわからないまま、棍棒はスカーにヒットし、生命力を示すゲージが一気に三割ほど減ってしまう。

「畜生、頑張れよスカー」

伊月はスカーにさっき買ったばかりの刀を握らせた。スカーは、心なしかやけくその勢いで、目の前のモンスターに斬りかかっていく。しかし……。

「当たらねえ……。くそ、剣士の修業なんか、まだ全然してないもんな。スキルが上がらないと、攻撃が命中しねえのか」

歯がみする間にも、モンスターの容赦ない攻撃で、スカーの生命力はどんどん減っていく。

「これ、死んだらどうすりゃいいんだ、やばいじゃねえかよ。っていうか、ドールも死ぬのかやっぱり？」

焦ってみても、どうしようもない。自分のドールが殺されようとしているのを、手を拱《こまね》いて見ているしかない伊月の手は、いつの間にかじっとりと汗で濡れていた。

ところが、まさにあと一撃でスカーの命が尽きるというその時。暗い画面に突然青い稲妻が閃《ひらめ》いた。

あっという間に、モンスターが地面に倒れ伏す。瀕死のスカーは地面に座り込んでいるが、とりあえず殺されずにはすんだらしい。

「な……今の何だ？」

呆然とする伊月の目の前、もといスカーの前に、ひとりのドールが現れた。水色のロングドレスに臙脂《えんじ》色のマントを羽織った、女性のドールである。手には、蠟燭よりうんと明るい、綺麗な青いランタンを提《さ》げている。

『何やってんの、死ぬわよ』

女性ドールの頭の上に、そんな台詞が表示された。どうやら、言葉を入力すれば、それがドールの台詞として画面に示されるらしい。伊月は、べたつく手のひらをシャツで拭い、慌ててメッセージを打ち込んだ。

『サンキュ。助かった』

『あんた名前は？』

女性ドールは、呪文を唱え、スカーの生命力を回復させつつ訊ねてきた。

『スカー。あんたは？』

『ブルーズ。ねえ、弱いくせに何でこんなところにひとりで来たの』

『悪い。初めてだったもんでさ。あんた強いな』

『レベル九十九の魔法使いだもの。ねえ、町まで魔法で送ってあげるから、帰りなよ』

『送るって……魔法でそんなことまでできんのかよ』

『そう。あんた、ほんとに何も知らないんだ』

『だから、初心者だって言ってんだろ』

『今度、いろいろ教えてあげる。今日は、もう寝るんだ。私、いつもは町の宿屋の前のベンチにいるから』

女性ドール……ブルーズはそう言って、片手を高く上げた。呪文の詠唱が始まる。

伊月が返事を打ち込む前に、スカーの全身は、青白い光に包まれた。次の瞬間、スカーは、さっき後にしてきたはずの雑踏の中に立っていた。

他のドール……プレイヤーたちは、突然現れたスカーの姿を不思議がる気配もなく、顔見知りとのお喋りに興じている。どうやら魔法は、この仮想世界ではごくポピュラーなものらしい。

「あ……。くそ、何かわけわかんないまま、戻されちまった。もうやめよう。何だよこのゲーム。全然気分転換になんか、ならねえぞ」

グッタリ疲れた伊月は、溜め息混じりにゲームからログアウトし、パソコンの電源を落としたのだった。

「……ってなわけで。これまで俺、インターネットにのめりこむ奴らのこと、心の中でバカにしてたんすけど、ちょっとそういう気持ち、わかるような気がしましたよ」

「へえ。そんなにリアルだったんだ」

「何ていうか、肉体を伴わないリアルってか、リアルすぎるバーチャルってか、とにかく不思議な世界でしたよ、AWって奴は」

従業員がやってきて、皿を下げ、食後のコーヒーを二人の前に置いていく。砂糖とミルクをたっぷり入れたコーヒーを一口啜《すす》り、ミチルは「ぬるい」と顔を顰めた。

「ネットゲーム世界じゃ、会ったことのない人どうしが、まるで親友か家族みたいに親密につきあえるっていうものね」

　ブラックのままのコーヒーに口をつけ、伊月は物思わしげな顔で頷いた。

「不思議なんすよ、ネトゲって」

「どんなふうに？」

「たとえば、ミチルさんが町中で転んで足擦り剝いて、そこに知らない人が来て絆創膏くれたって、それはそこだけの話でしょう？」

「そりゃ……親切な人がいたなあって思うだけで、いつまでも覚えてはいないわね」

「でしょ。それが、昨日俺を、ってかスカーを助けてくれた『ブルーズ』って女の子のことは、何か頭から離れないんですよ」

「あら、それは女の子だからじゃないの？」

　ミチルの冷やかしに、伊月は珍しく怒りもせず、我が意を得たりと「そうなんですよ！」と語気を強めた。

「それそれ。後でその話をしたら筧に言われて気がついたんですけど、考えてみりゃ、ドールが女の子だってだけで、それを操ってるプレイヤーがどんな奴かは、俺知らないんですよね」

　ミチルはそれを聞いて、ポンと手を打った。

「そっか！　ドールが女だからって、プレイヤーも女とは限らないんだ。男かもしれないし……それに歳も、若いか年取ってるか、極端なこと言えば、どこの国の人か、それもわかんないのよね？」

「そうそう。ま、向こうさんも俺がどんな奴か知らずに助けてくれたんだから、素性が不明なのはお互いさまっすけどね。そのせいか、ブルーズってあのドールのこと、つかプレイヤーのことが、気になって仕方ないんすよ」

「気になるってのは、プレイヤーがどんな人かが気になるってこと？」

問われて、伊月は曖昧に首を捻《ひね》る。

「俺、あいつともう一度会って、もう少し話してみたいような気がするんですよね。これが実生活で起こったことなら、こんなことないと思うんですけど」

ミチルは面白そうに頬杖をついて言った。

「ふうん。じゃあ、またゲームやるんだ？　筧君ちで？」

「んー。まあ、ししゃもに餌やりに行ったときは、筧んちでもいいんですけど……。俺もホラ、そろそろ自宅にパソコン入れてもいいってか、そのほうが勉強のためにもいいかなって思ってたとこだったから」

どこかゲームをするための言い訳に聞こえる台詞を口にしながら、伊月は上目遣いにミチルを見る。ミチルは、クスリと笑った。

「そうね。そうすれば、自宅にいても学会の準備ができるわよね。解剖が連日続いてもへっちゃらってわけだ」

「うへ。勘弁してくださいよ。……けど俺、あんまパソコン詳しくないんすよね。帰り道、家電量販店に寄りません？」

「私に見立てろってこと？　そういうときは、『お願い』するのよってお母さんに教わらなかった？　伊月先生」

「そっちこそ、可愛い弟分のために進んで協力しようって可愛げはないんすか？」

「ないわよ」

さらりと答えられて、伊月はガクリと肩を落としつつ、しおらしく両の手のひらを合わせた。

「お願いします。俺のために、安くて性能がよくてかっこいいパソコン選んで」

「よろしい。お姉さんが、最高のパソコンを選んであげましょう」

恨めしげな伊月に向かって、ミチルは極上の笑顔で頷いたのだった。

二章　聞こえてくる音に

その夜。伊月はまたしても、筧家を訪れた。

「よう」

「あれ？　どないしたん、タカちゃん。今日はもう帰ってきてるから大丈夫やて、スマホにメール入れといたやろ？」

珍しく早めに帰宅していた筧は、驚きつつも伊月を迎え入れた。玄関に座り込んでブーツを脱ぐ伊月の背中に、ししゃもが飛びつく。拾ったときの二倍以上の大きさに育った猫を片手で引き剝がしながら、伊月は決まり悪そうに答えた。

「おう。それは読んだ。……だからホラ、これ差し入れ。ししゃもとお前に」

筧は、首を傾げつつも、足元に置かれたビニール袋を拾い上げた。中には、大学近くの異様に安いことで知られる市場で購入したらしい、パック入りの猫用削り節と出来合いのコロッケが入っている。

「ありがとう。せやけど、どないしたん？　ししゃもの顔見んと、落ち着かんようになったとか」

「ばーか。俺は猫依存症じゃねえよ。そうじゃなくて、パソコン使わせてくれねえか。ほら、あのネットゲーム」

「ＡＷ？　そないに気に入ったんか。まあええわ、とにかく上がり。晩飯は？　僕はもうすませてしもたんやけど」

「ああ、俺もミチルさんとラーメン食ってから来た」

「そうか。ほなお茶でも淹れるし。ああ、パソコンはさっきメールチェックしたから、立ち上げてあるねん。ネットも繋いであるから、そのまま使えるで」

「お、サンキュ」

伊月はじゃれつくししゃもを片手で抱き上げ、和室に入った。家の中には、まだ夕《ゆう》餉《げ》の炒め物らしい匂いが残っている。

和室には、昨日までなかった炬燵《こたつ》があった。おそらく、暖房のない部屋にひとりで留守番しているししゃものために、早々と出してやったものだろう。その天板の上に、筧のノートパソコンが置いてある。

伊月は炬燵に入り、ししゃもを膝に乗せた。やはり猫は誰に教わらなくても炬燵が好きなのだろう。いつもは遊べとうるさい子猫は、おとなしく伊月の膝で丸くなった。

「さてと……ええと、これだな。ＡＷのアイコンは」

いそいそと、伊月はネットゲームにアクセスするためのアイコンをダブルクリックした。液晶画面に、昨夜見たのと同じドラゴンが描かれたログインウインドウが表示される。

「おい筧。パスワードは？」

「ああ、僕の名前や。下のほう」

台所から声が返ってくる。

「お前、兼継だったよな？　“kanetsugu”……と。よし」

迷いながらも、昨夜筧がしたように自分のキャラクターを選択し、伊月はどうにか、ゲームをスタートさせることができた。昨夜生まれたばかりのドール、スカーが、賑やかなゲーム世界の町に、ぽつねんと立ち尽くしている。

伊月は、筧がそっと置いてくれたゲームのマニュアル本をパラパラとめくってみた。

「へえ。この町にも名前があるのか。アランデル。……変わった名前だな。で？　昨日、あの……ブルーズって奴、宿屋の前にいるって言ってたよな。……どこだよ、宿屋って」

マニュアルの最後のほうに、アランデルの町の地図が載っていた。地図といっても、昔の冒険映画に出てきた海賊の地図のような、手描きの簡素なものだ。とはいえ、小さな町のすべての建物が記載されていて、なかなか便利そうな代物である。

その地図に従い、伊月はスカーを、町に一軒しかない宿屋の前まで歩かせた。なるほど、美しい鉢植えがたくさん飾られた宿屋の前には、木製のベンチが置かれている。だがそこに、ブルーズの姿はなかった。

「ちぇっ。いないじゃねえかよ」

伊月は舌打ちして、しかしとりあえずスカーをベンチに座らせた。そうして見ると、表情のないドールなのに、まるでのんびりと日向ぼっこを楽しんでいるように見える。

「えらい熱心やな」

筧はそう言いながら、伊月の横に胡座《あぐら》をかいた。天板の上に、ほうじ茶を入れた湯呑みを一つと、イカの一夜干しを軽く炙って細く切ったものを置く。和室じゅうに、香ばしい磯の香りが漂った。

「タカちゃんの好きな、甘い酒はないねん。せやけどあてては食えるやろ」

自分は缶ビールを開けて旨そうに飲みながら、筧はモニターを覗き込んだ。

伊月は、軽く焦げた一夜干しを摘むと添えられた醬油とマヨネーズをつけて口に放り込み、画面を指さした。

「昨夜、お前に話したろ。お前が風呂入ってる間、スカーが死にかけた話」

「ああ、タカちゃん無茶して、知らん人に助けてもろた話やろ？」

「そうそう。……あのドールがさ、いつも宿屋の前にいるって言ってたから来てみたんだけど、いねえんだよな」

「当たり前やん。タカちゃん、賢いのに変なとこで抜けてんな」

筧は大真面目にそんなことを言う伊月に、呆れたように言った。

「誰かて一日二十四時間ゲームやってるわけにいかへんわ。どんな奴でも、最低、寝る時間と食う時間と風呂入る時間は必要やし」

「あ、それもそうか。……いつ来るかなんて訊いてなかったな」

伊月は悔しそうに親指の爪を噛む。筧は不思議そうに訊ねた。

「珍しいなあ、タカちゃんがそないに誰かに執着するん。昨日僕が言うたみたいに、ドールが女でも、プレイヤーについてはどんな奴かわからへんのに。女の子やったらええけど、オッサンかもやで？」

「おい、勘違いすんな。別に女だから興味あるとか、そういうのじゃないんだ。そりゃ、可愛い女の子なら、申し分ないけど」

「そうなん？　ほな、何でそんなに興味あるんや」

「どんな奴か、わかんねえからだよ。……ほら、俺はやったことないからホントんとこは知らねえけど、出会い系とかだって、相手の顔が見えないから、会うまでワクワクすんだろ？　こういうインターネットのゲームもさ、相手の顔が見えねえから、余計その素性が気になるってもんじゃないかな」

伊月は苛ついたようにイカを嚙みながら答える。ふうん、と篁はわかったようなわからないような曖昧な返事をして、壁の時計を見遣った。

「九時かあ。半端な時間やな。そのプレイヤー、昨日は夜中に来たんやろ？　今日も、もう少し遅い時間かもやで」

「……かもな。なあ、これもう少しこのまま放っておいてもいいか？」

「うん。僕んとこ、ボロ家のわりにＷｉ－Ｆｉが入っとるし、好きなだけ置いとったらええわ。……せやけどタカちゃん、これから毎晩そのゲームしにうちに来るんか？　僕は構へんし、ししゃもも喜ぶと思うけど」

「いや、その必要はないんだ。……今日俺さ、ミチルさんに選んでもらって、パソコン買ったから」

少し恥ずかしそうに話す伊月の目の前で、篁のギョロ目が、更にまん丸になる。

「タカちゃん……それ、まさかＡＷするためなんか？」

「ま……まあな。ま、どうせ仕事に使うってのもあったしさ。今時、家にパソコンないってのもカッコ悪いだろ。仕事、仕事がメインだぜ！　ゲームはおまけ」

そんな言い訳を口にしても、「スカーを自分のパソコンでも使えるようにならないか？」と訊ねてしまえば意味がないのだが、そういう虚勢を張るところがいかにも伊月らしいと、筧は心の中で笑いを噛み殺した。

「大丈夫や。設定さえちゃんとすれば、タカちゃんのパソコンでもスカーが動くようになるから。タカちゃんのパソコンがネットに繋げるようになって、ＡＷインストールできたら、やり方教えるわ。パソコン、いつ来るんや？」

「明日。……ＡＷのソフト、パソコンと同じフロアで見つけたから、一緒に受け取れるようにした」

「……ホンマにやる気満々やな。大丈夫か、タカちゃん」

筧は心底心配そうに、すり寄ってきたしゃもを撫でつつ太い眉根を寄せる。

「何が大丈夫かって？」

「いや、ほら警察でも聞くんや、『ネット依存症』っちゅう言葉。インターネットやり出したらやめられんようになって、日常生活滅茶苦茶になってしまう人が、けっこう多いらしいねん。……タカちゃんそんなんになってしもたら、都筑教授や伏野先生に、僕顔向けできへんようになるやん」

「ばーか。ただ、あのブルーズって奴に借り作ったままじゃ、けったくそ悪いってだけだよ。わけわかんねえ心配すんな」

「それやったらええけど……あ、タカちゃん！　誰かスカーの横に来てんで」

筧はごつい指でパソコン画面を指さした。見れば確かに、ベンチにどっかりと座ったスカーの傍らに、女性ドールが腰掛けている。水色のロングドレスに、臙脂色のマント。長いブロンド。間違いなく、昨夜モンスターに襲撃されたスカーを救った女魔法使いのブルーズだ。

「あっ……来た！」

伊月は素早く体の向きを変えると、まっすぐパソコンに向かった。他人のパソコンだけに少し打ちにくそうにしながら、キーボードに骨張った細い指を走らせる。

『よう。俺のこと覚えてるか』

『よく覚えてる。死にかけた新入りさん。こんばんは』

女性ドールは立ち上がってドレスの裾を摘み、優美に一礼した。どうやら、そんな繊細な動作をドールにさせるコマンドもあるらしい。とにかく、覚えることが山のようにあるゲームなのだ。いったいいつになったら、まともにドールを操れるようになるのかと気が遠くなるような思いをしながら、伊月は次々とメッセージを打ち込んだ。幸い、法医学教室に入ってからパソコンを使う機会が増えたので、入力スピードはそう遅くない。

伊月が咎めないのをいいことに、筧も脇から首を伸ばし、二人のドール……いや、プレイヤーの会話を見守った。

『あんたを待ってたんだ。いろいろ教えてくれるって言ってただろ』

『いいよ。何でもきいて』

打ち込まれた会話文からは、相手プレイヤーの性別は推測しがたい。自然と、最初の質問はそれを問うものになった。

『じゃあ……あんたは女か？　それとも男？』

『何だ、ゲームのことじゃなくて、私のこと知りたいんだ』

『まあな。ゲームのことは、マニュアル読んで実際やってりゃ、おいおいわかるだろ』

『なるほどねー。じゃあ教えてあげる。女だよ』

『日本人か？』

『うん』

相手のメッセージは、驚くほど早く表示された。どうやら、かなりパソコンを使い込んでいる人間らしい。まるで普通に会話しているようなスピードで、返事が打ち込まれる。

『で、あんたはいつもここにいるって言ってたけど、ほんとに一日じゅうじゃないだろ？　何時頃ログインするんだ？』

少し間があってから、返事が画面に現れる。

『ほとんどいつも。さっきはお風呂入ってただけ』

伊月と筧は、思わず顔を見合わせる。

『じゃああんた、一日じゅうここにいるのか？　朝から晩まで？　昨夜みたく遅くまで？』

『そりゃ寝る時間は入ってないけど。だけど朝九時か十時くらいから、夜中はだいたい、昨夜くらいまでいるよ。時々は他のことするから、いないかもだけど』

『毎日か？　日曜から土曜まで？』

『ほとんど』

「一日じゅう……」

そして、筧が止める間もなく、伊月はこんな質問を打ち込んでいた。

『あんたいったい、何やってんだ？　そんな暇人、見たことねえぞ』

「た、タカちゃん。アカンてそんなん言うたら。個人の事情があるんやし」

筧は慌てて伊月のシャツを引いたが、伊月はお構いなしに言葉を続ける。

『学生か？　それとも仕事サボってゲームやってんのか？』

そんな無礼な問いかけにも、ドールの表情は少しも変わらない。当然といえば当然なのだが、それが自分を妙に攻撃的にしていることに、伊月はハッと気付いた。

（そっか……普段は相手の顔つきとか顔色とかを見ながら喋るから、そんなに失礼なこととか言わねえけど……。電話で喋ってるときは、顔が見えないから、いつもより言葉がきつくなることがあるもんな。ネットだと、顔も声もなしだから、余計か）

本来ならば、どんな人間でも初対面の時は、ある程度礼儀正しくならざるを得ない。ありのままの自分をいきなり見せる人間は滅多にいないだろう。

だがそれが、顔の見えないインターネットという媒体であれば……さらにドールという表情のない人形を介しての会話であればなおのこと、人間は何故かとてもあっけらかんと、それこそ古くからの友人と話すように、知らない誰かとうち解けて話せるようになるらしい。

しかも、文字で言葉のやりとりをするだけに、自分や相手の表情や声音は、まったくパソコンの画面には反映されない。だからこそ人は、正直になれたり、自分を偽ったり、大胆になったり、そして今の自分のように柄にもなく攻撃的になったり……つまり普段の自分とは少し違う一面をさらけだしてしまうことになるのだと、伊月は思った。

「タカちゃんって」

「わかってる。何書いてんだ俺」

さすがに無礼な質問をしてしまったかと思い直し、伊月は謝ろうとキーボードに手を伸ばした。だがそれより早く、相手のメッセージが画面に現れた。

『学生、っていえば学生かな』

『学生？　学生ってのは勉強するもんだろ』

別段気を悪くした様子もない相手の反応に、伊月はさっきの反省はどこへやら、つい失言を重ねてしまう。筧はハラハラしてそのやりとりを見守った。

『勉強してるよ。パソコンで』

『パソコンで勉強？　情報処理科か何かの高校生か？　それとも専門学校とか大学生とか？』

『違うよ（笑）』

初めて、ブルーズは文字で感情を表してみせた。「（笑）」というまるで雑誌の対談記事のようなやり方で。

それだけで、座ったままピクリとも動かないドールが、会話を楽しんでいるのだと伊月には感じられた。楽しんでいるというよりは、相手が自分をからかっているような、そんな印象すら受ける。

「ちぇっ、焦らしてんな、こいつ」

やけにムキになった伊月の顔に、筧は炬燵から出てきたししゃもを膝に抱いて撫でてやりながら、不安げな顔つきになる。

『言えよ。教えてくれてもいいだろ』

そんなスカーの言葉に、ブルーズはこう答えた。

『だって、あんたがさっき言ったどれでもないんだもん』

『高校生でも専門学校生でも大学生でもない？　そんじゃ、中学生か？』

『ふふ、違うよ』

『何だよ。もったいぶらずに教えろよな』

『えへへ』

ブルーズはベンチから立ち上がり、スカーの前でくるりと回ってみせた。映像でありながら、その動きに伴ってマントがヒラリと自然に翻る。スカーの前に立ち、ブルーズはこう打ち明けた。

『小学生なんだ、私』

「な……何い！」

「小学生やて？」

それに対するリアクションを入力することも忘れて、伊月は筧と顔を見合わせる。伊月よりはインターネットの世界に慣れているはずの筧も、これには驚かされたらしい。

「おい、マジかよ」

「どうかなあ」

筧は首を捻る。

『あー。どうして黙ってるかなあ。信じてないんだ？』

ブルーズはまたクルリと一回りする。伊月はムッとした顔で、さっきより強い力でキーを叩いた。

『お前、バカにすんなよ。小学生のはずないだろうが』

自分の怒りを表すように、スカーを立ち上がらせ、マニュアルを見ながら、右腕を振り上げる動作をさせてみせる。だがブルーズは、さっきとまったく同じペースで答えを返してきた。

『馬鹿になんかしてないよ。嘘じゃないもん。なんで小学生じゃないと思うの？　ブルーズが大人のかっこうしてるから？』

『……おい、小学生ってマジか？』

何となく最初の憤りがしぼんで、スカーはまたベンチに腰を下ろす。

『マジだよ。嘘ついて何になるの』

『俺を騙して喜んでるとか』

『目の前にいない奴をだましたって、面白くもなんともないじゃん』

伊月は、何とも言えない顔つきでモニターを凝視している筧を見た。

「なあ、どう思うよ。こいつの言うこと」

「わからへんよ、そんなん」

筧は困惑の面持ちで答えた。そして、こう付け加えた。

「それより、タカちゃんはインターネットあんまりせえへんから知らんと思うけど、こういうとこであんまりプレイヤーの個人的なことは、話さへんほうがええと思うで」

「ん？　何でだよ」

「何でって……。ネットで会う人間って、どんな奴かわからへんやん。おいそれと個人情報教えたら、ろくなことにならへんってことはわかるやろ？　自分のことは勿論やけど、相手のことも、あんまり詮索せんほうがええよ。余計なトラブルに巻き込まれたら困るやろ」

「あ……そうか、なるほどな」

「ＡＷで遊んでたらいろんなプレイヤーと知り合いになるやろけど、その辺は気ぃつけや、タカちゃん。……あ」

まだ何か注意を続けようとしていた筧だが、隣の部屋からスマートホンの着信音が聞こえ、慌てて立ち上がり、部屋を出て行った。

伊月は、再びモニターに視線を戻す。スカーとブルーズは、相変わらず並んでベンチに腰掛けていた。二人の前を、いろいろなドールが行き過ぎていく。剣を持った者、牛を連れた者、馬に乗った者、釣り竿を担いだ者……まるで本当の街角のように、賑やかな光景である。

『ごめん。ほったらかした』

伊月がそう打ち込むと、すぐさま返事がブルーズの頭上に表示された。

『あきれて黙っちゃったのかと思った』

『呆れたってか、まだ信じられないんだけどな。小学生って何年だ？』

『五年』

『ってことは、十一歳かよ、あんた』

『ううん、まだ十歳』

『へえ……。自分のパソコン持ってんのか？　っていうか、十歳の子供が、こんな遅い時間にゲームやってちゃ駄目だろが。親は怒らないのかよ』

今度は、ブルーズが沈黙する番だった。ブルーズは立ち上がり、そしてスカーに背中を向けて言った。

『あんた、学校の先生か何か？』

どうやら、不躾な質問ばかりで相手を怒らせたらしい。伊月は慌てて謝罪の言葉を打ち込もうとしたが、その時、筧が戻ってきてすまなそうに声を掛けた。

「ごめん、事件起こったらしいねん。人手が足らん言うから、ちょっと行ってくるわ」

「今からかよ。大変だな」

「下っ端は体使うんが仕事やからな。しゃーないわ」

伊月は、素早くジャージからスーツに着替えた筧を、ししゃもを抱いて玄関まで見送った。

「気ぃつけて行けよ。帰れそうなのか？」

筧はちょっと考えて、かぶりを振った。

「殺人《コロシ》やねん。これから現場行くし、きっと帰られへんやろな」

「おい、お前んとこで殺人ってことは、俺も明日、司法解剖が入ったってことじゃねえかよ！」

「はは、そうやね。悪いけど、帰るときに、明日の朝のししゃもの餌、置いといたってくれるかな。それか泊まっていくんやったら、僕のベッド使ってくれたらええし」

「んー、さすがに同じ服ばっか着てるのもアレだから、今日は帰るわ。それよかお前、ししゃもには、明日の分もドライフード入れてから帰るから、心配すんな。それよか、徹夜で明日の解剖入ることになるんだろ。寝られるようなら、どっかで寝とけ。無理すんなよ」

にゃーん、と伊月の腕の中に収まったししゃもが、伊月に同意するかのように、一声高く鳴いた。

「僕は大丈夫やて。タカちゃんこそ、明日寝過ごして、伏野先生に怒られへんようにな」

「うっせえよ、ばーか」

筧は笑いながら、アパートを出て行った。

「大変だよなあ。あんな疲れた顔してんのに、二つ返事で飛んでくんだからよ。おいししゃも、お前からも言っとけ。仕事におけるいちばん大切な合い言葉は『俺の代わりなんか誰でもできる』だってな。『お前しかできない』なんて上司の台詞を真に受けてりゃ、いつか殺され……あ」

　足をばたつかせてもがくしゃもを床に下ろしてやり、伊月はハッと我に返った。慌てて炬燵の上のパソコンに駆け寄る。

「しまった。……あーあ」

　寛の急な出発で、伊月はブルーズに何も言わずにパソコンの前を……つまり、ゲーム世界から離れてしまったのである。三分だったか五分だったか、たいした時間ではなかったと思うのだが、画面の中のベンチには、スカーひとりしか座っていなかった。ブルーズはどこかへ立ち去ってしまったらしい。

「悪いことしちまったな。何か俺に話しかけてただろうに。俺が返事しなかったから、怒ってどっか行っちまったか」

　伊月はスカーをベンチから立ち上がらせ、アランデルの広い町の中を、ブルーズを捜して歩き回らせた。

　宿屋の中、酒場、墓地、鍛冶屋、宝石屋、雑貨屋、肉屋、魚屋、武器屋……。しかし、どこにも彼女の臙脂色のマントと、その上に流れる金色の髪は見つからなかった。

「もしかしたら、もうログアウトしちまったのかな。短気な奴だ」

　そんな捨て台詞を吐いて、伊月はゲームからログアウトした。立ち上がって、台所へ向かう。ししゃもが、長いふさふさした尻尾を振りながら、後をついてきた。

伊月は慣れた動作で流しの下の戸棚を開け、キャットフードの箱を取り出した。台所に置かれたししゃも用のカフェオレボウルに、ドライフードをどっさり入れてやる。

「まだ食うなよ、ししゃも。これは夜食じゃねえ。お前の明日の飯なんだからな」

にゃう。

鼻先をちょいとつつかれ、ざっそくご馳走にありつこうとしていた子猫は、渋々引き下がった。伊月は、台所の電気を残し、家じゅうの照明を消した。革ジャンに袖を通しながら、子猫に話しかける。

「いいか。筧も俺も、明日は遅いかもしれないぜ。その餌で食いつないどけよ。万が一泥棒が入ってきたら、自力で撃退しろ。……ああ、お前は女の子だっけ。じゃあ、筧のベッドの下に潜っておとなしくしとけ。いいな」

茶色と白のまだら模様の子猫は、玄関でブーツを履く伊月の背後にちょこんと座った。立ち上がった伊月は、甘えた声で鳴く子猫の小さな頭を、身を屈《かが》めて人差し指と中指で撫でた。

「また明日な。おやすみ。大丈夫か？」

どうやら、猫のほうは伊月が思うほど寂しがってはいないらしい。伊月の別れの挨拶を聞くなり、長い尻尾を直立させて振りながら、寝室へと入っていく。伊月は小さく舌打ちして、アパートを出た。

駅への暗い夜道をブラブラ歩きながら、伊月は翌朝に待ち受けているらしき解剖のことを思い、「AW」の不思議な世界のことを思い……そして、あの金髪の魔法使いブルーズのことを思った。

「小学五年生、かあ。ホントか嘘かはわかんないけど、確かに見ず知らずの俺に、そんな嘘ついたって仕方ねえよな。……けど……」

(俺が小学五年のときって、どんなだったっけ)

コツ、コツ……とアスファルトに硬いブーツの踵を打ちつけながら、伊月はぼんやりと記憶の糸をたぐった。

小学生の頃、伊月は孤独な子供だった。父は大学病院勤務の外科医で、週に一度家に帰ってくるか来ないかだった。そして母親は自宅近くで整形外科の診療所を開業していて、帰宅はいつも夜九時頃だった。一人っ子の伊月は、常に自宅の鍵を携帯していなくてはならなかった。

子供の頃からお洒落だった伊月のために、母親は銀のネックレスに鍵を通し、伊月の首からかけてくれた。級友たちはそれを羨んだし、伊月自身、わざと見せびらかして

「大人っぽい鍵っ子」を誇ったりもしたが、本当は、誰もいない家に帰るのは嫌だった。

「そうだよな。俺、とんがってて、近所のガキと仲良くなんかしてなかったもんな」

だから、筧が半ば押しかけ女房のように強引に友達になってくれるまでは、学校でも自宅でも、伊月はひとりぼっちだった。そう、筧がうるさいくらいつきまとったおかげで、伊月は初めて「友達づきあい」というものを知ったのだ。

「……嫌なことを思いだしちまった」

伊月は小さく舌打ちして、頭を振った。幼い頃の思い出があまり多くないのは、すなわち思い出になるようなことをしていないからだ。唐突に込み上げてきた苦い自己嫌悪に、伊月は整った顔を歪めた。

「畜生、それもこれも、あのブルーズとかいう気取った野郎のせいだ。中途半端に話を聞いちまったから、よけい気になってきたじゃねえかよ」

さっき、自分がゲームを放置してブルーズを怒らせてしまったかもしれないことは棚に上げた伊月は、肩を怒らせ、前方に見え始めた駅前デパートのイルミネーション目指して、大股に歩いていった……。

＊　＊

翌朝、九時半。

O医大の法医解剖室には、法医学教室のいつもの面々と、T署刑事課の人々が集合していた。

昨夜のうちに、朝一番に司法解剖が入ると知らされていたおかげで、伊月も珍しく遅刻せず、眠そうな顔で手術用ゴム手袋に手を通している。

シュライバー（書記役）の陽一郎は机の上に書類を広げ、T署の中村《なかむら》警部補、都筑教授、ミチル、それに伊月はその机を取り囲むように立っていた。一方、筧とその上司らしき三十代の刑事は、搬送してきた遺体をライトバンから解剖室に運び込み、解剖台の上に乗せる前に、体重測定を行っていた。清田技師長が、まるで鶏のように忙しく歩き回りつつ、それを監督している。それは伊月がすっかり見慣れた、いつもの解剖風景だった。

「さて、状況説明させてもらいます」

中村警部補は、綺麗にジェルあるいはポマードでセットしたツヤツヤの髪を片手で撫でつけつつ、調書を広げた。警察独特の読みにくい縦に間延びした手書き文字に目を通しながら、説明を始める。

「昨夜午後九時十二分、一一〇番通報がありました。四十七歳男性から、うたた寝から覚めてみると、傍らで父親が血まみれで死んでいる……という内容で。さっそく男性の自宅へ急行したんですが……これが現場の写真ですわ」

中村警部補は、調書の中程の頁《ページ》を開けて、一同に見せる。それは、木造アパートの二階の一室だった。狭い台所と六畳の和室だけの、小さな住まい。そこに八十歳近い父親と四十七歳の息子が、二人で暮らしていたのだと中村警部補は言った。

「父親は十年前に連れ合いを亡くしてまして、さらに五年前、脳梗塞で右半身が不自由なんですわ。息子は無職、親父の年金で、親父の世話しながら同居しとったと、まあそういう生活を送ってたみたいですなあ」

「うーん。息子はずっと無職で独身かいな」

都筑は、髭《ひげ》を剃り損ねたらしい顎《あご》の切り傷を片手で撫でつつ、そんな質問を投げかける。中村は、お気に入りの黄緑色のブルゾンの肩を気障に竦めた。

「そうらしいですわ。まあ、若い頃から酒癖の悪さには定評のある男らしゅうて、普段はおとなしいんですが、飲んだら人が変わってしもて、誰も手をつけられんほど暴れるようです。何度か傷害の前もあります。まあ、小さい事件ですけど」

「前科持ちか。そんで、そのお父さんのご遺体があれなわけやな」

都筑の視線を、ミチルと伊月も追いかける。ちょうど、遺体が解剖台に乗せられたところだった。

着衣をすべて脱がされた老人は、小柄で痩せこけていた。脳梗塞の後遺症なのだろう、右の上下肢が、左に比べて明らかに細く、中途半端に曲がった状態で固まっている。おそらく、右半身がほとんど麻痺した状態で、ろくにリハビリテーションが行われていなかったため、拘縮《こうしゅく》が起こったのだろう。

そして老人の頭部顔面を中心として、上肢や胸腹部に至るまで、痛々しいほどの皮下出血や挫裂創が、多数散在している。頭部の挫裂創から流れ出す血液が、頭の下に置かれた木製の枕を伝い、人造大理石の白っぽい解剖台の上に、赤い筋を作っていく。

出動服の袖をまくり上げ、警察用のゴム引きの長い前掛けをつけた筧は、シンクに湯を張り、ガシガシとタオルを濡らして絞り始めた。刑事課に配属されて半年あまり、筧もすっかり解剖室における自分の役割を把握している。

視線を中村に戻し、都筑は先を促した。中村は、部下の働きぶりをチェックしつつ、説明を再開する。

「この写真を見てもろたらわかりますけど、ホトケさんはほとんど寝たきりで、いつも敷きっぱなしの布団の上で、こんなふうに仰向けに倒れて既に亡くなってました。ええ、発見時の直腸温は三十四度、死後硬直は顎に来てました。他は……ええと、右の手足に硬直来てたように書いてますけど、これは……」

「おそらくそれは脳梗塞の後遺症やから気にせんでええ。それで？　誰の仕業やねん」

単刀直入な都筑の質問に、中村は脂ぎった顔を歪めるようにして苦笑いを浮かべた。

「僕ら現場へ駆けつけたとき、息子は親父の遺体に取りすがって泣いてましてね。えらい取り乱しようでしたけど、部屋に入っただけで、酒がぷんぷん臭いました。どうも息子は、親父の年金を持って、地元の飲み屋へ行っとったそうです。裏取れてますけど、夕方六時くらいから七時半くらいまで、ダラダラと焼酎を飲み続けとったらしいですわ」

「そこには、いつも行くの？」

じっと聞いていたミチルが訊ねる。

「いや、金がないですから、月に数回っちゅうところやったらしいですね。そこでも何度か面倒を起こしとるんですけど、まあ、店主が気のいい男で、来たときは適当に飲ませて、暴れそうになるんを上手いこと宥めて帰しよったらしいです」

「ふうん。……じゃあ、昨日も、かなり酔っぱらって帰ってきたのね？　その飲み屋から自宅までの距離は？」

「ええ。酒好きではあるんですが、けっして強いほうやないらしくて、いつも泥酔状態で歩いて帰るんやそうです。昨日も、まあ普通の人間やったら十分程度の道のりなんですが、千鳥足で歩いたり、電信柱に寄りかかって通行人に悪態ついたりしとるんを目撃されてますんで、たぶん三十分近くかけて帰宅したもんと、僕ら踏んでます」

「なるほど……じゃあ、帰宅は午後八時前後ってことね」

中村は頷きつつ、調書をめくった。

「ですな。で、どうも息子本人も飲み屋の親父も近所の人間も口を揃えて言うんですが、どうもこの息子、飲むと記憶が飛ぶらしいんですわ。いつも、飲み屋へ行ったことは覚えてるんですが、次に気がついたらどっか他で寝てるらしいんですなあ。で、今回も、どうやって帰宅したかまったく息子は覚えとらんのです」

「げ。無茶苦茶だなあ」

伊月は顔を顰める。中村も、鬱陶しそうに腫れぼったい目を擦って頷いた。

「そうなんです。難儀な奴でねえ。まあ、とにかく帰宅して寝てしもて、起きたら親父が血だらけで死んどった。誰かに殺された……と大慌てでこっちに電話してきたわけですけど、ようよう調べたら、どうも父親を殺したんは、その息子本人らしいんです」

「は？　自分で殺して、自分で通報っすか？」

伊月は目を丸くする。陽一郎も、筆記の手を止め、中村の日焼けした顔を見た。中村は、どこか自慢げに頷いた。

「そうなんですわ。ほれ、壁の薄いアパートですし、隣近所の住人が、この息子が酔うて帰ってきたときはいつも親父に暴力振るいよるんを知ってましてん。昨夜も当該時刻に、息子の怒鳴り声やら親父の悲鳴やら、壁に何かぶつかる音やら、とにかく凄い騒音やったて、両隣の住人が証言してます」

それを聞いて、ミチルは鼻筋に皺を寄せた。

「これまでずっとそうだったのなら、誰かが文句を言うなり、様子を見るなり……」

「いやそれが、翌日文句言いに行っても、息子が何も覚えてへんので話にならんかったそうですわ。父親も謝るばっかりでねえ」

「あ、そうか。飲んだら記憶が飛ぶって言ってましたものね、さっき。ってことは、昨夜も？」

「ええ。どうやらそういうことらしいです。現場検証の結果も、第三者が関係してるような物証はゼロですしね。親父を殴打するのに使ったらしい靴やテレビのリモコンにも、親父と息子の指紋しかついてませんし、足跡もその二人のものだけです。必要やったら見てもろたらええですけど、息子の手も、腫れ上がってますわ。あれは誰かをタコ殴りにした何よりの証拠ですなあ」

「ふむ。それも後で見してもろたほうがええかもな。……で、息子さんは今どうしてるんや。ショック受けとるやろな」

都筑は、いかにも気のいい男らしく、そんな質問をする。それに対して中村警部補は、いかにも警察官らしく、あっさりと答えた。

「一応、重要参考人で引っ張って話聞いてます。どうもやっぱり、家に帰ってきた記憶がないもんで、親父殺した自覚も全然なくてですねえ、こっちも困ってるんですわ。おいおい泣くばっかりで」

「それは……」

「何だか可哀相ね」

伊月とミチルは顔を見合わせる。

「ただし、これまでも自分が親父に酔うと暴力振るう癖があったっちゅうんは、親父に聞かされてうすうす気付いとったらしくて、自分かもしれん、とは言うてるんです。

まあ、解剖の結果をふまえて、僕らも逮捕の容疑を決めようと思っとるんですがね」

「専門家の……精神科の先生の意見も聞いたほうがいいですよ。それはおそらく、病的酩酊だから」

「そうやな。立派な病気の可能性があるな」

ミチルの言葉に、都筑も頷く。中村に問いかけるような目で見られ、伊月は困ったようにミチルの術衣の袖を引いた。

「何すか、その病的酩酊って」

ミチルは、呆れ果てたと言いたげに片手を腰に当て、伊月を軽く睨んだ。

「伊月先生、法医の講義ちゃんと聞いてなかったでしょう。病的酩酊ってのは、異常酩酊の一種よ。酒量の多少にかかわらず、飲酒すると記憶がなくなって、怒りやすく、攻撃的な異常な状態になる人のこと。いわゆる酒癖が悪いの最悪タイプね」

「なるほど……それって、病気なんですか？　そのう、送検しても不起訴になるような病気っちゅう意味で」

中村が、ぐっと身を乗り出す。さすがのミチルも、それには即答できず、都筑の顔を見た。都筑はじつに正直に、「わからへんわ、そんなん」と答えた。

「わからへんて、先生。そない言わんと教えてくださいや」

「そんなん、専門外の人間が迂闊に言われへん。ただその息子さんのことを、酒乱のろくでもない奴やと決めつけんと、専門家に診察してもらうチャンスをあげや、て言うてるんや。判断は、精神科の医者に任せるんやな」

普段はのらりくらりして見えるほど柔和な都筑だが、こういうときの口調は厳しい。中村は、「わかりました」と恐縮しきりで引き下がった。

「まあとにかく、その息子さんのほうをどうこうするんは、君ら警察の判断や。僕らは、運び込まれたこっちのご遺体のほうを診る。状況は、そんなもんかいな？」

「……そうですなあ」

中村は頷き、部下たちの同意を求めるように視線を巡らせた。現場に同行していたのだろう、篁たち二人の刑事も、それぞれに頷く。都筑は、室内を見回し、いつもの言葉を口にした。

「ほな、やろか」

それを合図に、真っ先に清田が動き出した。篁を助手にして、テキパキと遺体の全身を写真に収める。ミチルと伊月も、それぞれ遺体の外表所見を取るべく、行動を開始した……。

それから四時間後。

解剖を終え、準備室で着替えて外に出た伊月は、大きな伸びをした。その後ろから、女性とはとても思えない素早さで着替えをすませたミチルが、茶色く染めた髪を両手でわさわさと掻き回しながら出てくる。

「お疲れ」

「お疲れっした」

短い挨拶を交わし、二人は連れ立って基礎研究棟に戻った。入り口のすぐ近くにある遺族控え室には、もう灯りがついていた。

「誰か、遺体の引き取りに来てるんですかね」

「たったひとりの家族の息子さんが重要参考人だから、とりあえず福祉の方が引き取りに見えてるって聞いたわ。大変ね」

エレベーターのボタンを押して、ミチルは低い声で言った。十二階まで行ってしまっているエレベーターは、当分降りて来そうにない。おそらく、誰かロックをかけて積み込み作業をしているのだろう。仕方なく、二人はエレベーターホールで待つことにした。

「結局、死因は頭部顔面多発損傷による出血性ショック……。見たまんまでしたね」

壁にもたれ、伊月は乱暴に、結んでいた髪を解《ほど》く。帽子を被っていても、髪には死臭が染みついていた。

ミチルは、どこか憂鬱そうな伊月の横顔を見て、呆れたように両手を腰に当てた。

「何かほかの所見が出てくるのを期待してたの？　死因の分類が他殺じゃなくなるような何かが？」

「悪いっすか？　だって、あんなにボコボコに殴られて死んで……それなのに、殺した当人には、親父をタコ殴りにしてる間の記憶がないんすよ、全然」

「だから？」

伊月は拗《す》ねたように口ごもり、床を蹴りながら呟いた。

「でも確かに、あれは息子の仕業だって警察は確信してるみたいだし、損傷見たってけっこうな力で殴打されてるのがわかるし。息子が犯人だってのは、確かだろうと俺も思います」

「私もそう思うわ。お父さんの年金だけで暮らしてたんだもの、わざわざそんな家に強盗に入って、息子さんが寝てる脇でお父さんを惨殺する第三者なんていないでしょう」

「だったら……！」

「しっ。控え室に聞こえたらどうするのよ」

思わず声が高くなる伊月を、ミチルは口に指を当てて窘める。伊月は、声を落とし、独り言レベルの小声でこう続けた。

「あの親父さんが、酷い目にあって苦しみながら死んだのは、見りゃわかります。それでも、それって……息子にしてみりゃ、ある意味わざとじゃないわけじゃないですか」

「本当に、犯人の息子が病的酩酊ならね。悪いけど、それは私たちの判断することじゃないわ。私たちは、あの殺されたお父さんのご遺体を解剖して、損傷をあげつらい、死因を決定するのが仕事」

「わかってますよ。だから俺は……」

伊月は、子供のように口を尖らせ、エレベーターの階数表示を見やった。どうやらエレベーターは、降下を開始したらしい。

「ほら、頭部とか顔面の損傷って、見た目より酷く見えるじゃないですか、出血しやすいし。……それに、あの親父さんは老齢だから毛細血管だって弱いし。だから症状が、その」

「暴行による損傷は実は見た目ほど大したことがなくて、本当の死因は病死だったた……なんて結果が出ることを、もしや期待してたわけ？」

ミチルは皮肉っぽい口調で問う。伊月は黙って、ようやく到着したエレベーターの扉の前に立った。だがその背中が、何より雄弁に、ミチルの質問に答えている。

エレベーターからは、機材を積んだ台車を押しながら、業者らしきスーツ姿の男が二人降りてきた。それと入れ違いに伊月とミチルはエレベーターに乗り込んだ。

ミチルは五階のボタンを押し、扉が閉まるなり、ボソリと言った。

「やけに鬱な顔してると思ったら、そんなこと考えてたんだ」

「俺の同情なんか、何の役にも立たないってことはわかってんですけどね。それでも、自分の手で自分の親父殺しておいて、その記憶がないってのはどうにも可哀相な気がして」

チーン！　とエレベーターが到着を知らせる。何か言おうとしていたミチルは、ふと口を噤《つぐ》み、エレベーターを降りてしまった。伊月も心なしか重い足取りで後に続く。

セミナー室のドアノブに手を掛けたところでミチルは伊月を振り返り、そして眉尻を下げた何とも不思議な笑みを浮かべて言った。

「この、お人好しのお馬鹿ちゃんめ。……学会準備もしなくちゃいけないんだし、とっとと昼ご飯行くわよ」

間奏　飯食う人々　その二

その日の午後三時。セミナー室には、教室員一同が顔を揃えていた。おやつの時間、である。

会議も講義もない日には、法医学教室の面々も、こんな穏やかなひとときを過ごすことがあるのだ。もっとも、全員で何かするというわけではなく、同じ場所で各々が好きなように休憩しているだけなのだが。

「あのね。今、夜中にEテレでお菓子の手作り教室を放送してるの、知ってます？」

不意に、ワクワクした口調でそう言ったのは、陽一郎であった。

各々のマグカップにお茶を淹れていた峯子も、新聞を読んでいた都筑も、スライドを見ながら何やら話し込んでいたミチルと伊月も、一斉に陽一郎を見る。

「知らないけど。……陽ちゃん、料理するの？」

皆を代表してミチルが返事をすると、陽一郎は勢い込んで言った。

「僕、実家だから料理は母親任せなんです。でも、お菓子の番組って面白いじゃないですか。凄く興味湧いてきて」

陽一郎は、女の子めいた顔をちょっと赤くして、どこか得意げに、後ろ手に持った細長い箱を一同に示した。

「じゃーん！　でね、昨日、カステラに初挑戦したんです。っていうか、お菓子作り自体が初めてなんですけど」

「へえ。凄いじゃない。初挑戦でカステラなんて」

素直に感心した口調で、峯子が言う。伊月も、呆れ顔で頷いた。

「凄ぇ……ってーか、森君、男のくせに菓子作りかよ。やることなすこと、いちいちファンシーだなあ」

「何言ってるんですか。今は、料理どころか、家事のできない男は評価低いんですよ、伊月先生。お菓子作れるなんて、ポイント高いわー、陽ちゃん」

「へーへー。じゃあ俺もそのうち、何か作ってくるよ。エスカルゴとかどう？　大学の生け垣にたくさんいるからさ、カタツムリ」

「やだー！　もう、伊月先生ったら」

伊月と峯子の軽口合戦をバックに、陽一郎はその箱を都筑に差し出した。

「あの、で、よかったらこれ、今日のお茶の時間に皆さんに食べていただこうと思って」

いかにも一大決意で目の前に突き出されたその箱を、都筑はニヤニヤ笑いながら受け取った。

「そらありがとうさん。いやー、うちはあれやな、伊月先生といい森君といい、男性陣のほうが、色気あったりマメやったりやなあ」

「……ほほーう」

「何か仰いました？」

ミチルと峯子が、同時に都筑をジロリと睨む。都筑は慌てたように、箱を峯子のほうへ押しやり、新聞で顔を隠すようにした。

「いやいや……何もない。さ、せっかく持ってきてくれてんから、切ってや、住岡君。君がいちばん上手やろ」

「……はあい」

鬼のような顔つきで、峯子は紙箱をテーブルの上に置き、蓋を取った。一同は、期待の面持ちで箱の中を覗き込む。

しばしの沈黙。

やがて、口を開いたのは、伊月であった。

「あのよ、森君。……これ……カステラって言ったよな?」

「ええ、そうですけど?」

「ちょっと……見たところ、平たくない?」

口を挟んだのは、ミチルである。陽一郎は、うーんと言って首を傾げた。

「そういえば、ちょっと平たくなっちゃってる感じ。昨日焼いたときはもうちょっと分厚かったんだけど……重力に負けたのかなあ」

「カステラが、重力に負けたって……そりゃ、さぞソフトに仕上がったんでしょ」

それでも笑いながらその「カステラ」を取り出そうとした峯子の顔が、「ん?」と奇妙な感じに変化する。彼女は何も言わず、それを少し持ち上げて落としてみた。

ごとん。

「……ごとん?」

カステラの立てた異様な音に、伊月とミチルは、思わず顔を見合わせる。

「重量感溢れる音ねえ、陽ちゃん」

「コンクリートブロックみたいな音がしたぜ」

「……てへ。何か変みたいですね」

陽一郎は、照れ笑いしながら、盛んに首を捻る。

「おっかしいなあ。焼きたてはフワフワでもっとふっくらしてたのに」

そんな言葉に嫌な予感を炸裂させながらも、峯子は一応、目の前の物体に包丁を入れてみる。その顔が、たちまち妙な感じに歪んだ。

「か……硬いですう。石のように」

その言葉どおり、冷凍食品もスパスパ切れる峯子ご自慢の包丁が、カステラに半ば刺さったまま、それ以上びくとも動かない。

一同の疑惑の視線が、陽一郎に突き刺さる。冷や汗を掻きながら、陽一郎は引きつった笑いで言い訳した。

「え……えへへ。だって初めての作品だし。失敗もありますよ。あの……だって、材料は全部食べられるものだから、硬いだけできっと……味は……」

「そうねえ。なんだか忍者の保存食って感じ。栄養価は高そう」

ミチルは丸ごとのカステラ……というよりは「甘い香りの煉瓦」としか言いようのない代物を手に取り、まるで棍棒のように、自分の手に打ち付けてみた。

「マジで硬いわ。これで人を殴り殺せそうよ。根気よく囓《かじ》れば、食べられるかもだけど」

でも私にはほかのもの頂戴、と言われて、峯子は冷蔵庫から貰い物のパイナップルを出し、さくさく切り始めた。どうやら、本日のおやつは、こちらに落ち着きそうである。

「ホントにおかしいなあ……。何が駄目だったんだろう」

ミチルからカステラという名の食品凶器を受け取った陽一郎は、恥ずかしそうに顔を真っ赤にして、しかし興味深げにそれをひねくり回した。

「卵の泡立てが足りなかったのかな……。それとも、生地を混ぜすぎたのかな」

「さあねえ。私はお菓子を作らないからわからないけど。でも、面白いわね」

ミチルはクスッと笑った。

「たとえば、それで誰かを撲殺して、あとは食べちゃうトリック。昔の『推理クイズブック』にありそうなネタじゃない？」

「ああ、氷柱《つらら》で誰かを刺し殺してから、風呂で溶かしちゃうとか、冷凍の肉で殴り殺してから、カレー作っちゃうとか？　小学生の頃、そんな本を読んで、一生懸命トリック考えましたよ」

伊月もテーブルに頬杖をつき、肩を震わせて笑った。

「でもミチルさん。氷柱溶かすより、カチコチの肉を解凍して食うより、このカステラを一本食うほうが大変だと思うなあ、俺」

「確かに……」

陽一郎の手からカステラを再度奪い取ったミチルは、力一杯、それをテーブルの角に叩きつけた。

　バキッ！

　凄まじい音を立てて、カステラが粉砕される。飛び散った細かい破片を顔面に浴びて、伊月は迷惑そうに顔を顰めた。

「いてー。森君。これ、欠片《かけら》が刺さりそうだぜ」

　ミチルはいちばん大きな欠片を手に取ると、ビスコッティよろしく茶の中に浸け、十分ふやかしてから口に運んだ。

「うん。こうすると、何とか食べられるわよ。味もまあ、カステラっぽいと言えばいえないこともないし」

「せ、先生……。食べていただけるのは嬉しいんですけど、その食べ方はちょっと」

　悲喜こもごもの複雑な表情で、陽一郎が情けない声を上げる。

「かくして、完全犯罪が成功しそうな感じやな」

　都筑が、目の前に置かれた完熟パイナップルを一切れ、爪楊枝に突き刺して口に放り込みながら言った。

「そういうことですね。何ていうか、こう……さっきの解剖のこと思い出して、微妙な気分」

ミチルは、どこか真面目な口調でそう言った。ふやかしてもまだなお硬い部分のあるカステラのせいで、ハムスターのような左右非対称の頬をしながらの台詞なだけに、周囲の人間にはやけに可笑しい。

「ん？　どうしたんや？」

都筑は、さりげなくパイナップルのいちばん熟れて甘いところを集中的に確保しつつ訊ねた。

ごくんとカステラもどきを飲み下してから、ミチルは真面目な面持ちで答えた。

「解剖の後、伊月君と話してからずっと考えてたんですけど……。日常生活において、どんなにありふれたものでも凶器になりうるし、どんなに些細なきっかけでも、殺人は簡単に起こるんじゃないかなって。ちょっと思ったんです」

「そらまた……カステラ相手に物騒な発想やな」

「あー。都筑先生、そこばっかり食べたら、みんな酸っぱいの食べなきゃいけなくなるじゃないですかあ！」

「教授の特権や。庶民は甘い汁を吸われへん運命なんやで」

「酷ぉい。切ったの、私なのに」

「秘書に必要とされとるのは、奉仕と自己犠牲の美しい心や」

「そんなのいやですにゃー」

「うーん……」

峯子と都筑の能天気なやりとりを聞き流しつつ、ミチルはテーブルに散らばった破片を拾い上げては口に運びつつ、物思いに耽っている様子である。

伊月は、自分の長い髪についたカステラの破片を寄り目になって取りながら、そんなミチルに問いかけた。

「どうしたんすか、ミチルさん。そんなマジな顔して煉瓦カステラ食って。さっきの解剖と、俺の話と、この凶器カステラに何の関係が？」

「んー……何かね。人の生活って脆《もろ》いものだなあって思ったの」

「……へ？」

「だからさ、さっき伊月君としてた話。あの病的酩酊かもしれない息子さん、父親を殺すほどの暴力を振るっておきながら、本人の供述を信じるなら、その記憶がないわけでしょう？」

伊月はカステラの破片を拾って口に放り込みながら頷く。

「これまでも、酔うと暴力的になって、唯一の家族である父親に暴力を振るってたって聞いたけど、それってそこにお父さんしかいなかったからで、ほかに誰かいれば、そっちに暴力の矛先が向いてたかもしれないのよね」

「そうやな。現に、飲み屋で客とトラブル起こしてたっちゅう話もしとったしな、中村さんが。まあ、普段、体の不自由な親父さんの面倒みとったわけやろ？　親父さんの年金が頼りやったっちゅうことも考えれば、そらお互い気に入らんとこはあったやろけど、殺したいとまでは思ってへんかったん違うかなあ……」

都筑は、同意を求めるように陽一郎と清田を見た。陽一郎は困ったように首を傾げ、清田はこくこくと高速で頷いた。

「そうですねえ。酒癖悪い奴は、信じられへんような暴れ方する癖に、酔いが醒めたらホンマに何も覚えてへんですよって。今日のアレも、可哀相やけど、本人そんな凄い暴力振るうたつもりはないでしょうね」

伊月は、不思議そうに首を捻った。

「だったら、何でそんなに暴力的になるのかなあ、その病的酩酊、の人は」

「さあ。それは専門じゃないからわからないけど。でも人間誰でも……どんな温厚な人でも、心の奥底には、怒りの火みたいなものがあるんじゃないかなあ。それが、お酒とか薬物とかで自制が外れたせいで、バーンと表に吹き出してくるんじゃないかな。そんな気がするの。だから、さっき言ったのよ。些細なことがきっかけで、殺人が起こるんじゃないかって」

　ミチルは考え考え、そんなことを言う。伊月は少し伸びかけた髪の毛先を気にしながら、問いを挟んだ。

「たとえば？」

「たとえば……想像してみて。私と伊月君がとっても不仲だけどまあ仕方なしに何とかやってる夫婦だとするじゃない？」

　そんなたとえ話は嫌だと思った伊月だが、ミチルが真剣そのものなので、ツッコミを入れることができずに曖昧に頷く。

「ところが、妻であるところの私が、ある日突然、こんな煉瓦カステラを焼いちゃうわけよ、何かのアクシデントで」

「……はあ」

「で、どうしよう、こんなの見つかったら、夫に何を言われるかわかったもんじゃないわ、きっと馬鹿にして滅茶苦茶言うに違いない……ってカステラを処分しようとしてるところに、旦那の伊月君が帰ってくるの」

「嫌な予感がしてきた。……で？」

　伊月は、斜めに腰掛け、片肘を突いてミチルを見た。ミチルは、やけに楽しそうに言葉を継いだ。

「いつもは台所になんか顔を見せない伊月君のくせに、そんなときに限ってやってきて、そうして今まさに捨てかけてた煉瓦カステラを見つけて、それはもう口汚く馬鹿にするわけよ。私の料理下手から、他の家事能力の低さに至るまで、執拗にね。それで私はカッとなって、捨てようと手に持っていた煉瓦カステラで、思わず夫である伊月君を……」

「わーっ！　そんなもんで本当に殴らないでくださいよっ。俺、死ぬ」

ミチルが自分に向けて振りかぶった煉瓦カステラを、伊月は慌てて両手を上げ、「真剣白刃取り」のポーズで防ぐ。それを笑いながら見ていた都筑は、ふとしんみりした口調で言った。

「せやなあ。外から見てたらまったく普通の家庭の中にも、常にそんな危なっかしい局面があるんかもしれへんな」

その言葉に、ミチルと伊月は小さく頷く。

事情を知らない峯子を除くすべてのメンバーは、自覚もないまま父親を殺してしまったらしき哀れな息子のこれからを思い、重い溜め息をついたのだった……。

三章　穢《けが》れのない魔法使い

『昨日はごめん。無視したわけじゃないんだ』

それが、その夜の伊月の「AW」世界での第一声だった。

そう、彼はその日の夜、注文していたノートパソコンを店で受けとってから、筧家へ行ったのである。

じゃれつくししゃもを適当にあやし、夕飯にカンヅメをあけてやってから、伊月は炬燵に潜り込み、大事に抱えていたパソコンを早速立ち上げ、設定を始めた。

基本設定はそう難しいものではないし、筧家はWi-Fi完備なので、インターネット接続もスムーズである。

それが終わると、伊月はAWのソフトをインストールし、今日の解剖の後、筧を捕まえて教わった方法で新しいパソコンにも自分のキャラクター「スカー」を導入した。そこでようやく彼は、みずからのパソコンからAW世界に入り込む準備を整えることができたのだ。

夕飯を食べることすら忘れ、伊月は一連の作業に没頭した。最初は遊んでほしくて邪魔しようと試みていたししゃもも、いつしか諦めて、炬燵の中で熟睡している。

そうして、夜の十時を過ぎた今、伊月はようやくAWにアクセスすることができた。いつものように酒場に現れたスカーを、伊月は大急ぎで宿屋へと走らせた。

「畜生、もっと速く走れよ」

スカーは濃紺のマントを翻して石畳の道を駆けてゆく。カンカンカン……とブーツが地面を蹴る足音まで響くあたり、本当に芸の細かいゲームらしい。

もどかしい思いで、ノートパソコンに接続したマウスを操作していた伊月は、宿屋の前の雑踏を、モニターに顔をグッと近づけて子細に眺めた。

「くそ、こんな日に限って、何でこんなにみんなたむろってんだよ」

まるで、本当の人混みの中で待ち人を捜しているような、そんなイライラとドキドキを感じつつ、伊月は宿屋の前のベンチに近づき、そしてホッと安堵の息をついた。そこには、見慣れた金髪と臙脂色のマントの女性ドール……ブルーズが座っていたのだ。

伊月が謝罪のメッセージを打ち込んでも、ブルーズは最初、何も言わなかった。物言わぬドールは、まるでただの人形のようだ。ベンチに腰掛け、まっすぐ前を向いて、微動だにしない。

伊月は、慌ただしく言い訳を打ち込んだ。

『ほんと悪い。悪いと思ってる。一緒にいた連れがさ、急な仕事で出かけることになったんだ。で、見送ってたら……』

『忘れてたんだ、私のこと』

メッセージは非難めいたものだったが、それでもブルーズが自分の言葉に反応してくれたことに安心して、伊月は我知らず笑みを浮かべた。そして、昼休みにマニュアルを読んで覚えたコマンドを打ち込み、スカーを深々とお辞儀させた。自分の謝意を表すために、言葉以外にできる唯一のことだったのだ。

『へえ。そんなこと、できるようになったんだ』

『勉強した。あんたに謝りたかったから。ごめん。本物の世界だってゲームの世界だって、喋ってる相手をほったらかしてどっか行っちゃいけねえよな』

『………』

ベンチの真ん中に座っていたブルーズは、無言で立ち上がり、ベンチの端に座り直した。自分が隣に座ることを許してくれたのだと悟った伊月は、スカーをブルーズの隣に座らせた。その時、昼と夜が入れ替わり、周囲が突然暗くなる。ブルーズはすかさずランタンを手にした。暗い町の中に、同じようにいくつもの灯りが次々に光り始める。

『ねえ。あんたは大人？』

『ああ。一応な。小学生よりは全然大人』

『それなのに、子供にそんないっしょうけんめい謝るの？　小学生っていうのウソだと思ってるから？』

昨夜と同じような問いをぶつけられて、伊月は少し迷ったあと、素直に返事を打ち込んだ。

『まだ完全には信じられない。だってそうだろ。俺が小学生の頃には、パソコンなんて学校の授業で使うだけだったんだから。けど……ゲームの世界では、あんたは俺の……スカーの命の恩人だろ？　恩人には、礼儀正しくしなくちゃな』

それは、伊月の隠すことない本心だった。ブルーズは、その答えが気に入ったらしい。機嫌良く、メッセージを返してきた。

『そっか。あんた、あんまりネットの世界詳しくないんでしょう。小学生プレイヤーなんて、AWには嫌ってほどいるよ。親のパソコンからアクセスしてくる子とかさ。PS4でゲームするより、全然面白いじゃん』

『へえ。そんなもんか。そりゃ、こうしてネットで会う分には、お互いの歳なんてわかんないもんなあ』

『そういうこと。ねえスカー。あんた、この世界で何になりたいの？　見たところ、魔法使いみたいなかっこうしてるくせに、こないだはヨワヨワな刀を使ってたよね』

スカーは、刀を掲げてみせる。

『ヨワヨワで悪かったな。仕方ねえだろ、あん時はこのゲームに入って、三十分も経ってなかったんだからよ。それに、何になろうかなんて、まだ決めてない。……あん時あんたに助けてもらってから、あんたのこと以外考えてなかった』

『うわ、寒いセリフ！』

『そういう意味じゃないって、ばーか。そうじゃなくて、あんたの正体が気になって仕方ねえってことだ』

『何で、そんなに私のことが気になるの？　魔法使いのブルーズでいいじゃん。そしてあんたは、へっぽこ剣士でさ』

『だって、俺が今、パソコンに向かってスカーを動かしながらあんたのメッセージを読んでるようにさ、あんたもこの世界のどっかで、パソコンに向かって俺のメッセージを読んでるわけだろ。……そう思うと、あんたがどんな奴か興味湧いてくるんだ。変か？』

『べつに変じゃないけど。そりゃ、みんな気になるから、仲良くなったらオフ会するんだもん』

『オフ会？』

『オンラインで知り合った人たちが、オフライン……えと、現実世界《リアル》で会うから、オフ会。いろんなことするらしいよ。お茶飲んだり、ボウリングしたり、カラオケしたり、お酒飲んだり』

『へえ。ゲームの世界でも、そんなことまですんのかよ。あんたは？　行ったことあんのか？　飲みとかさ』

伊月はカマをかけたつもりだったのだが、ブルーズはごく自然に切り返してきた。

『行くわけないじゃん。お酒は最初から無理だし、遊びでも、小学生が交ざってもきっと話が合わないよ、全然。やっぱ、オフ会する人たちって、高校生とか大学生とか、もっと大人とかだもん』

『へえ。……そんなもんか』

『そうだよ。ねえ、あんた剣士になるなら、狩りに行こうよ』

そう言って、ブルーズは立ち上がった。

『狩り？　まさか、こないだ俺が死にかけた森にかよ？』

スカーは、答えを待たずに歩き出したブルーズの後を、慌てて追いかける。

『大丈夫。狩るのは動物。あんた初心者だから、お金ないでしょう。動物を狩って、肉と皮を取って売るの』

『売るって、誰に？』

喋りながらも、二人は連れ立って、暗い森の中に入っていく。ブルーズが掲げたランタンが、二人の周囲を象牙色に照らしている。

『裁縫スキルを持ってるプレイヤーは、革よろいを作るのに、いつだって皮を必要としてるよ。料理スキルを持ってるプレイヤーは、肉を買い取ってくれるの』

『……へ……へえ……』

『みんながお金やアイテムの出し入れをする銀行前は、いつも人が集まってるから。そこで行商すれば、お金なんてすぐたまるよ』

『へえ……。幼稚園のお店屋さんごっこみたいだな』

『狩りをしてれば、剣のスキルも上がるし、体力もアップするし、お金が貯まってもっといい剣とか、よろいとか買える』

『はー。それじゃ、マジで現実じゃん。ゲームの中でも、生活のために働くのかよ、俺。せちがらいな』

『リアルより、全然楽しいよ。ホントの世界で、こんなに強い魔法使いになれたらいいのにって思うもん』

『ああ？　それってどういう……』

『あ、あそこに牡牛がいる。初心者にはいいターゲットだから、頑張っておいでよ。やばくなったら、魔法で回復してあげるから』

『お……おう』

さっきの発言の意味を問おうとした伊月だが、ブルーズに促され、目の前に現れた灰色の牡牛に向かって、刀を振り上げる。牛は、スカーを認めると、前脚を高く振り上げ、立ち上がって襲いかかってきた。

「うわッ」

きつい一撃を食らって、生命力のゲージが減っていく。しかし、何回か打撃を受けるたびに、背後に控えたブルーズが、適当に回復魔法をかけてくれる。おかげで伊月は、死ぬことを心配せずに、思う存分、スカーを戦わせてやることができた。

「はー……すげえ。生命力も剣術スキルも、どんどん上がってく。しかしアレだな。俺、あいつの話が本当なら、小学生にサポートしてもらって、見守ってもらって、修業してるわけか。情けねえ」

そんな愚痴めいた呟きを漏らしつつ、伊月はスカーにガンガン刀を振るわせる。やがて、牡牛は力つきて、地面に倒れて息絶えた。

『はー、やっと倒せたか』

『おつかれ。でね、バッグの中に、短剣があるでしょう。それで、この牡牛をさばくと、皮と肉が取れるの』

『捌《さば》く！　はあ、どうにもシュールだな。ってえか、何か昼間の仕事の続きやってるみたいだ。なあこれ、人間どうしで戦ったときも、こんなことできるんじゃないだろうな？』

戦闘が上手くいった喜びのせいで、気が緩んだ伊月は、ついそんな書き込みをしてしまった。ハッと思ったときは、もう後の祭りである。

『昼間の仕事？　何のお仕事してる人なの、スカーって』

牡牛の死体から取り出した皮と肉を地面に置いて、ブルーズは早速追及してくる。

伊月は自分に舌打ちして、返事をせずに、自分のバッグの中に、皮と肉を押し込んだ。

『ねえ。私のこともあれこれきいたじゃない。一つくらい、あんたのこと教えてよ。何してる人？』

確かに、出会ってからというもの、伊月はブルーズの身元を詮索し続けてきた。向こうからの質問に答えるのは、当然の義務のような気がする伊月である。

もしここに筧がいれば、あるいは誰でもいい、こうしたインターネットゲームに詳しい人間がいれば、こうアドバイスしたことだろう。

「馬鹿だなあ、適当に答えとけ。肉屋のアルバイトとか、寿司屋見習いとか。せっかく相手には自分の姿が見えないんだから、ウソの自分を作っちまえばいいんだよ」

だが、幸か不幸か、ここには伊月と子猫しかいない。殺人事件の捜査中だけに、筧は今夜もきっと帰ってこないだろう。

そして見掛けによらず変なところで正直な伊月の頭には、「自分を偽る」などという考えは微塵も浮かんでこなかった。そこで彼は、仕方なく正直に……必要最低限の真実を書き込んだ。

『医者』

『マジ!? すごーい! お医者さんってあれでしょ、学校で予防注射する人でしょ』

ブルーズは、そんなメッセージを返してきた。

「お……。何か今、初めてこいつ、マジでガキかもって気がしたぞ」

伊月は思わず炬燵の中で足を動かした。軽くキックされたししゃもが、炬燵から飛び出してくる。

ニャ！

「あー、悪い悪い。今いいとこだから、邪魔すんな、ししゃも」

眠そうに大欠伸する子猫を胡座をかいた膝の上に乗せてやり、伊月はすぐにキーボードに向かった。

『そうそう。まあ、俺はあんまり注射はしない医者だけどな』

『私ね、注射嫌い。だいっきらい』

『好きな奴もいないだろ。それより、狩りはもう終わりか？　俺、まだまだ頑張れるぜ』

『あ、次は、もっと強い動物と戦うといいよ。……ええと、あ、あっちに熊がいる！』

ブルーズは、森の奥深くに分け入っていく。スカーも慌ててその後を追いかけた。こんなところで置いていかれては、またモンスターに遭遇して殺されかねない。

二体目は黒熊、三体目は牡鹿、四体目はハイイロオオカミ……。

伊月はだんだん、スカーを操っての戦闘術に慣れてきた。皮と肉もずいぶんバッグの中に貯まっている。いくらで売れるものか伊月には想像もつかないが、実生活でもゲーム世界でも、「金が貯まる」というシチュエーションにはワクワクしてしまう。

しかし、ふとモニターの右隅に表示された時刻に目をやった伊月はギョッとした。

「げ、もう一時じゃねえか」

『なあおい』

伊月は、先を行っていたブルーズに追いつき、声を掛けた。

『何?』

『もう一時過ぎてるぜ。小学生がこんな時間まで起きてちゃ駄目じゃん。明日学校だろ?』

『うん。学校』

『じゃ、もう寝ろ。遅くまでつきあわせて、ごめんな』

『やっと、小学生だって信じてくれたんだ?』

『まあ、一応な』

伊月は素直な気持ちを文字にする。ブルーズは、それを好意的に受けとったらしかった。すぐにメッセージが返ってくる。

『もう寝るけど、心配しないで。学校行っても、眠かったら寝るもん』

それを見て、伊月はプッと吹き出した。確かに、セクシー美女のドール、ブルーズの姿に似合わず、プレイヤーの発言からは、子供っぽい印象を受ける。体の震えに子猫が抗議の鳴き声を上げたので、片手でその小さな頭を撫でながら、伊月は片手でメッセージを打ち込んだ。

『教室で寝てたら、先生に怒られるだろが』

だが、それに対する返答は、伊月の顔から笑みを消した。

『教室には行かないからいいの』

「……ああ？　学校には行くけど、教室には行かない？　何だそれ」

そんなパソコンの前の伊月の呟きを聞きつけたように、ブルーズはこう続けた。

『保健室登校って知ってる？』

「保健室登校……。ニュースの特集番組で聞いたことあるな」

ささやかな灯りを頼りに、暗い森を町に向かって歩きながら、スカー……伊月は言った。

『保健室登校って授業拒否のことか？　教室行かずに、ホントは勉強する場所じゃない他の所に一日じゅういる奴のことだろ。図書室とか保健室とか』

『そう。図書室にいることもあるけど、図書の先生、いじわるなんだ。だからたいてい保健室でインターネットやってる』

『はあ？　何、あんた教室に行ってないのかよ？　ずっとか？』

『四年生の冬からだよ。それからずっと保健室登校』

並んで歩く二人のドールは、見かけは二十代くらいの白人の男女である。しかしその頭上に現れては消える会話文は、現代教育現場の一大問題を語り合っていた。しかも、やけに淡々とした調子で。

『おいおい。何でだよ。虐められたのか』

『まあね』

ブルーズは、急に言葉少なになる。それでも、質問されること自体は嫌がっていないと感じた伊月は、問いを重ねてみた。

『虐めか。けど、五年に上がるときはクラス替えあっただろ？』

『ない。うち、三年ずつ持ち上がりなの。だから、私をいじめたやつら、まだ同じクラスにいるの。今だって、廊下で会っても叩かれたりツバ吐かれたりするんだよ』

『そりゃひでえな。先生は何もしてくれないのかよ』

二人の目の前に、橋が見えてきた。町のすぐ近くまで戻ってきたのだ。

『最初はあれこれ言ってた。もうあきらめたみたい。今は、休みの土曜日に補習とかしてくれるけど、でもネットで勉強してるから、勉強のことでは困ってないよ』

『ネットで勉強？』

『うん。漢字だってネットやってたら覚えるし。どんな教科だって、ホームページ探したらすぐ見つかるもん』

『へえ。何か凄いなあ』

「俺の理解を超えてるぜ。アンビリーバボーだな。保健室登校なんてよ」

そう呟きながら、伊月はスカーを町に戻らせた。

『何おじさんみたいなこと言ってんの。それとも、ホントにおじさん？　お医者さんって言ってたしさ』

まるで女の子のクスクス笑いが聞こえるようなブルーズのその台詞に、伊月は苦笑いした。

『まだ若いつもりだけど、小学五年生に比べりゃおじさんだな。さてと、町に着いたぜ』

宿屋の入り口で、スカーは足を止める。ブルーズは、優雅に腰を屈めて礼をしてみせた。

『じゃ、寝るね。また遊びに行こう。おやすみ、おじさん』

『……おやすみ、ガキンチョ』

そう言って礼を返すと、ブルーズは軽い足取りで宿屋に入り、そしてすっと消えた。ゲームからログアウトしたのだ。

「おじさん……か。マジ小学生なのかねえ。それともやっぱ遊ばれてんのかな、俺」

独り言を言いながら、伊月も後を追うようにスカーを宿屋に踏み込ませ、ゲームからログアウトした。インターネットの接続を切り、パソコンの電源を落とす。

そのままバタリと仰向けになり、胸の上にししゃもを乗せて、伊月は嘆息した。目を閉じても、瞼《まぶた》の裏側で光がチラチラするような違和感がある。おそらく、画面を凝視しすぎて、目が酷く疲れているのだろう。痺れた瞼を両手で揉んでいると、遊んでいると思ったのか、ししゃもが目を覚まし、伊月の手を小さな前足で軽く叩いた。

「ばーか、よせよししゃも。遊んでんじゃねえ。子供は寝る時間だっつってんだろ」

呻くように言いながら、伊月はズルズルと炬燵に潜り込んだ。自然と、ししゃもも布団の下にすっぽり収まる。

「筧の野郎、やっぱ帰ってこねえな。……ああ、泊まってやるから、朝飯の心配はすんな、ししゃも」

両手を頭の後ろに回して枕にし、伊月はそう言って大欠伸した。目が疲労しているせいか、急に眠気が押し寄せてくる。炬燵で眠ると明日がつらいとわかってはいても、隣室のベッドに移動するには、今のこの状態が心地よすぎた。

「たまにはいいよな、安いスキー民宿みたいでさ。……おやすみ、ししゃも」

胸の上で器用に丸くなった子猫の心地よい重みを感じつつ、伊月は灯りを消すこともせず、目を閉じた……。

＊　＊

「何かオタクっぽいわねえ。ゲームの話ばっかりじゃない、最近」

それが、伊月の話を聞いたミチルの第一声だった。

翌日の午後のことである。午前中に水中死体の解剖を一つ片づけたミチルと伊月は、昼から地方会の準備をしていた。

二人とも口演発表をする予定だが、無論、演題はそれぞれ違う。だが、パソコンで発表用スライドを作る作業に入ると、二人とも机が隣同士である関係上、並んで作業をすることになる。黙りこくっているのも居心地が悪いので、自然と喋りながら手を動かすことになるのだ。

そこで伊月は、自分の新しいパソコンでプレイした、昨夜のＡＷの話をミチルに語って聞かせた。その感想が「オタクっぽい」である。伊月はふて腐れたように、貧弱な肩を揺すった。

「ホント面白いんですって。やってねえ奴に言っても駄目かもだけど。俺もやってみて初めて面白さがわかったクチですしね」

ミチルは、すっかり冷めてしまった紅茶を啜り、ふうん、とやる気のなさそうな相槌を打った。

「それは、プレイ自体が面白いの？　それとも、伊月君がやけにこだわってる、ブルーズとかいうプレイヤーと知り合ったことが面白いの？」

「両方、ですかね。確かに、キャラクターが狩りしたり戦ったりして成長していくのを見るのは、意外に楽しいっすよ。まるで自分が進歩してるような錯覚に陥ってみたりしてね」

「あらあら。すっかりゲーム廃人への道に踏み込んじゃってるんじゃない？　ゲームのキャラクターがいくら成長したって、それはゲーム世界の話に過ぎないわけでしょ」

「わかってますよ。俺だって、もう夢見る年頃でも引きこもりゲーマー少年でもない、大人なんですから。けど、やっぱあのブルーズって奴と会って、一緒にゲーム世界を歩き回ったり、ただ座って喋ってたりすると、我ながら不思議に楽しいんですよ」

「実際にゲーム世界で歩き回ったり、喋ったりしてるのは、その……ええと、何だっけ」

「ドール。二次元の絵姿ですよ。自分とは似ても似つかない顔立ちのね。服装は、バッチリ俺の好みでコーディネートですけど」

「そのマンガみたいなキャラクターの姿を見てても、やっぱり親しみが湧くの？　何だか、出会いの話からずっと、伊月君が彼女を語るとき、やけに親愛の情がこもってるわよね」

ようやく興味をそそられたらしく、ミチルはパソコンの画面をそのままに、体ごと伊月のほうを向く。伊月は、片手でボールペンを弄びながら、戸惑いの表情でミチルを見た。

「筧はね、ああいうネトゲのプレイヤーは、自分自身の本当の姿はあんまり語らない、みたいなことを言うんですよ。どうせお互い知らないどうしだし、顔も見えないんだし、身分詐称なんて簡単なんだからって」

「そりゃそうでしょ。昨日も言ったじゃない。そのブルーズって子だって、本当に女性とは限らないし、しかも小学生だなんて、真っ赤なウソかもしれないわよ」

「……俺もね。最初はそう思って頭から疑ってかかってたんです」

「最初はってことは、今は違うの？　相手が小学五年生の女の子で、クラスで虐められて、冬からずっと保健室登校してるってことを信じてる？」

ミチルの口調はあからさまに皮肉っぽい。だが伊月は、うーんと曖昧に頷いた。

「きっと筧があそこにいりゃ、そんなの信じたらアカン！　って言ったと思うんですよ。俺だって、あいつの言葉を鵜呑みにする気はさすがにないんですけど……でも」

「でも？」

「ほら、いくら相手の顔が見えないっつっても、やっぱ文字で会話してりゃ、それなりに相手の人となりってのが見えるじゃないですか。……そりゃ、そこまで徹底的に自分自身を演出してる奴だったら知りませんけど」

「うん。……まあ経験ないからわかんないけど、そうかもね。電話とかでも、ある程度相手のことがわかったりするものね」

伊月は頷き、少し語調を強めて言った。

「そうそう。ブルーズの奴、大人みたいな台詞吐くんですけど、時々凄く子供らしいんですよ。可愛いってか無邪気ってか。俺が医者だって言ったとき……」

「言ったの？　そんなことまで」

ミチルは咎めるように鼻筋に皺を寄せる。伊月は慌てて言い訳した。

「あ、わ、わざと言ったんじゃないんですよ。口が、いや手が滑ったってか、まあ行きがかり上……」

「呆れた。まったく、変なところで無防備なんだから。まさか、法医学の人間なんて言ってないわよね？」

「それは言ってませんよ。俺だって、そのへんはわきまえてるつもりです。……とにかく、俺がそう言ったら、注射嫌いって返してきたり、どっかで子供っぽい感じがするんです。ほら、こないだの親子鑑定に来た女の子。あの子に似た空気を感じるっていうか」

「まさか、あの子がブルーズだって言うつもりじゃないでしょうね？」

「そこまで都合のいい偶然を信じちゃいません。そうじゃなくて、ブルーズと会話してると、あのしたたかなような、ナイーブなような、可愛いような可愛くないような、ガキ独特の微妙な雰囲気がするんですよ」

そこで初めて、ミチルは真顔になった。

「なるほど。大人びてても、子供ってやっぱり子供だなあ、って思う瞬間があるものね」

「そうそう。……それに、保健室登校なんて言葉、俺たちみたく大人になっちまうと、いくら自己演出しようとしても、なかなか出てこない言葉でしょう」

「保健室登校……かあ。現代っ子の言葉よね。少なくとも私たちの時代には、考えられない話だもの」

「ほんとですよね。俺たちがガキの頃は、いじめっ子もいじめられっ子も、いろいろあったってどっかで折り合えてたし」

「そもそも、教室に行きたくないなんてごねたって、先生に引きずって行かれたわよ」

「ですよね。ああでも、保健室登校でも学校には行ってんだな。親が意外に厳しいのかもしれませんね」

「それか、家にいるより保健室のほうが快適なんだったりして。だって、一日じゅうインターネットだの読書だのって、自分の好きなことだけやってればいいんだもの。働く大人としては、羨ましい限りだわ」

ミチルはクスリと笑ったが、すぐ真顔になってこう言った。

「まあ、あんまりその子に深入りしないほうがいいと思うわよ。筧君の言うとおり、ゲームの中ではゲーム人格になるか、まったく自分のことを明かさないか……そのほうが、安全で楽しく遊べると私も思うわ」

「わかってますよ。俺だって、ガキじゃないんですから」

伊月が唇を尖らせたとき、遠くから声が飛んできた。

「ガキやないんやったら、仕事は静かにせんかい」

見れば、いつの間にか、教授室の入り口に都筑教授が立っている。ミチルはきまりの悪そうな顔をして、肩を竦めた。

「はーい、すいません」

「スライド間に合いそうなんか？　遊びの話もええけど、伊月先生に、スライドの作り方と発表の仕方、ちゃんとアドバイスしたりや。初陣《ういじん》が肝心やからな」

何か文献を取りに出てきたらしい。都筑はそう言いながら、本棚のほうへ歩いていった。ロッカー越しに声が二人に聞こえる。

「そうそう、服装指導もちゃんとしときや、伏野先生。いつもの素っ頓狂な服で演壇に上がられたら、恥ずかしいからなあ」

「何言ってるんですか、都筑先生。伊月君のお洒落は、まだセンスがいいからマシですよ。ほら、近畿地方会には、もっと強者がいるじゃないですか」

「ああ？　誰や、それ」

「兵庫県監察医の龍村《たつむら》先生。彼のセンスは、ビジュアルの暴力ですもん。それに比べれば、伊月君のお洒落はまだ正常域です」

「ははは、まあそうかもしれんわな。……ああ、龍村先生言うたら」

都筑は両手に本を抱え、再び二人から姿の見えるところまで戻ってきて言った。

「連絡とって、あの話は了解取ったで。まあ、地方会の当日に、もっぺんお願いするつもりではおるけど」

それを聞いて、ミチルは都筑にペコリと頭を下げた。

「あ、すみません、ありがとうございます。私からもメール出しておきます」

「そうしといて。ほな、きりきり働きや」

そんな間の抜けた言葉を残して、都筑は教授室へ消えていった。伊月は、怪訝そうにミチルに問いかける。

「龍村先生って、あのでかくて派手っちい男でしょ。あいつとファッションセンス比べられても、全然嬉しくねえな。それに、あいつに何頼んだんですか」

「あいつ、なんて言わないの。龍村君はいい人よ」

「そうかな。嫌な感じつーか、やたら偉そうに見えましたけどね」

「体が大きいから、そう見えるだけよ。それに、頼みごとの内容は、地方会まで内緒。楽しみにしてなさい」

「何だかな」

伊月はチッと舌打ちする。ミチルは、笑いながら再びパソコンに向き直った。

「それより、スライドさっさと作っちゃいましょう。あんまり余裕をかましてると……」

与えられる七分は、意外に長いんだから」


「『ミチルの法則』発動ですかね。忙しいときほど、解剖がじゃんじゃん入るって」

「そういうこと。考察用の文献も探さなきゃでしょ。発表原稿も作らないと。与えられる七分は、意外に長いんだから」

「あー、そうだった。遊んでられねえな」

「時間のかかる作業がいっぱいあるのよ。さあ、お仕事お仕事」

「へいへい」

伊月が再びパソコンに向かったとき、実験室にいた陽一郎が、セミナー室に戻ってきた。ミチルと伊月、それに秘書席にいる峯子を見遣ってから、開けっ放しの教授室の扉をノックする。

「都筑先生、一昨日の親子鑑定のお父さんの血液、入院先の病院から届きました。開封して確認していただけますか？」

「おっ、届いたか。伏野先生、君も来てや」

そう言い残し、都筑は陽一郎を伴って、いそいそとセミナー室を出て行った。

（親鑑……あの女の子の、父ちゃんかもしれない男の血液か）

自分は呼ばれていないのを知りつつ、伊月もミチルの後について、実験室へ行った。都筑
清田技師長の実験机の上に、発泡スチロール製の保冷ボックスが載っていた。都筑

は、手袋を嵌《は》めると、いそいそとガムテープを剝がし、箱の蓋を開けた。箱の中には、ギッシリと保冷剤のパックが詰め込まれている。

「おお、えらい丁重な詰め方やな」

そう言いながら、都筑は保冷剤の山の中から、小さなプラスチックボックスを取り出した。蓋を開けると、中にはエッペンドルフチューブが二本だけ入っている。そのラベルに書かれた患者の……この場合は、親子鑑定対象である死亡した父親の名前を確認すると、都筑はボックスをミチルに渡した。

「ほなこれで、検査頼むわ。清田さんと森君と分け合ってな。大事なサンプルやから、絶対なくしたり無駄にしたりしたらアカンで。何しろ、もうご本人が死んでしもて、これっきりなんやから」

「了解です」

ミチルはそう言い、箱を受けとると、いったんサンプルをフリーザーに格納した。

「先生、すぐ分けて。僕、これからすぐ検査始めるし」

「あ、僕もそうしたいんですけど」

清田と陽一郎が、ミチルの机に集まる。ミチルは自分の机のスタンドに新しいエッペンドルフチューブを並べ、父親の名前を書いたラベルを貼りながら頷いた。

「はいはい、すぐ分けます。みんな仕事熱心ねえ。じゃあ、私もこれからDNA抽出、まとめてやっちゃおう」

チューブの準備が整うと、ミチルはフリーザーからサンプルを出し、少量ずつの血液を、手早く三本のチューブに分注した。そして、残りの血液を、さっさと元の場所へ戻す。

清田と陽一郎は、一本ずつチューブを受けとると、すぐさま自分たちの作業に取りかかった。伊月は、何となく手持ち無沙汰に、ミチルの机の脇に立っていた。DNA抽出キットを持って戻ってきたミチルは、そんな伊月を見て眉を顰める。

「べつに、手伝いは要らないわよ。戻って、自分の仕事をしなさい」

「それ……あの女の子の父親かもしれない人の血液なんすよね？」

「そうよ。それが何？　そんなところに突っ立って、お呪《まじな》いでもしてるの？　これがあの子の実の父親でありますようにって」

「そ……そんなんじゃないっすよ。俺、スライド作ってきますッ」

伊月は憤然として、荒々しく扉を開け、実験室を出て行った。その後ろ姿を見送り、ミチルは小さくひとりごちた。

「ちょっと様子が変ね。……パソコン見繕ってあげたの、間違いだったかしら。妙なゲームに入れ込んでるせいでなきゃいいけど」

T署の新米刑事、筧兼継が法医学教室を訪れたのは、その日の夜、七時過ぎのことだった。

峯子、陽一郎と清田はとうに帰り、都筑は自分が顧問を務める剣道部のコンパに呼ばれて出かけ、ミチルは実験室でDNA抽出後の操作を行っており、教室には伊月だけがいた。

「あ、タカちゃん。昨日の解剖の写真持ってきてん。やっぱり鑑定書お願いせんとアカンみたいなんで、早めにお渡ししたほうがええやろて、課長が言うから」

そう言いながら、長身の筧はよく日焼けした顔で笑い、峯子の机に分厚い茶封筒を置いた。中に、昨日警察が撮影した写真が二組、入っているはずである。

「よう、筧。今日はもう上がりか?」

伊月に問われ、筧は頷いた。安物のスーツの肘や膝が、よれてシワシワになってしまっている。

「うん。あれからずっと仕事してたしな。今日は上がりや。昨夜、ごめんな、ししゃもの面倒押しつけてしもて」

「別にそんなことは気にしなくていいって。俺だって一緒に拾ったんだからさ、あいつのことは。それよかお前、大丈夫か？　徹夜だろ？」

「これくらい、刑事には何でもあらへんて。でっかい事件になったら、一週間や二週間帰られへんで当たり前やて、課長がいつも言うてるもん」

いつもの人懐っこい笑顔でそう言って、それでも筧は少し疲れたように首をコキコキ鳴らした。どこかで居眠りでもしたのか、筧の短い髪には、側頭部に妙な癖がついている。

伊月がまだ何か言おうとしたとき、セミナー室の扉が開き、白衣姿のミチルが入ってきた。

「あら筧君、いらっしゃい。またお使い？」

「はい、写真届けに寄らしてもらいました。けどもう失礼しますし」

「ゆっくりしてけばいいわよ。……ってか、早く帰りたいわよね。私も帰るわ。伊月君、ＰＣＲを掛け逃げするから、ＰＣＲ室のエアコンは止めないでね」

そう言いながら、ミチルは白衣を脱ぎ、椅子に掛けた。そして、自分もいそいそとパソコンの電源を落としている伊月を見て、皮肉っぽい口調で言った。

「筧君と飲みに行くのも、帰ってゲームするのもいいけど、ほどほどにね。学会直前に風邪引いたりすると、みっともないわよ」

その言葉に、篁はちょっと怖い顔で伊月を見た。

「タカちゃん、昨夜もAWやってたんやろ。目ぇ、赤いで」

伊月は慌てて弁解する。

「馬鹿。やるにはやったけど、そんな徹夜するほどはやってねえよ。目が赤いのは、スライド必死で作ってたからだ！」

「そうね、伊月君は仕事熱心だもんねー。あ、そうだ、篁君にパソコン見せてあげた？」

「あ。そうそう。これだよ、ミチルさんに見立ててもらったノートパソコン。どこでもネットに繋げるように、頑張って設定したんだぜ」

伊月は得意げに、ショルダーバッグの中からまだぴかぴかのノートパソコンを取り出す。篁は、羨ましそうにそれを見た。

「へえ、それ、僕もほしいなて思てた奴やわ。ちょー、立ち上げてみせてや」

「おう。液晶画面もでかいし、薄いし、持ち歩いてもそう苦にならないんだ」

伊月はパソコンを開き、起動ボタンを押した。まだ入っているアプリケーションが少ないせいか、パソコンは比較的早く立ち上がる。

「このモニターの壁紙がさ、最初からついてる海と水平線と空の奴なんだけど、昼は昼の海、夕方は夕方の海、夜は夜の海に変わるんだよ。すげえよな。……あ、そうだ」

伊月は早速自慢しつつ、ふと思いついたように帰り支度をしているミチルに声を掛けた。

「そうだ、ミチルさん。このパソコンにAWのソフト入ってますから、見てみませんか？　もしかしたら、ブルーズもう来てるかもしれねえし」

「ええ？　私はいいわよ、そんなの」

そう言いつつも、伊月がパソコンにいそいそとマウスを繋いで準備をするのを見て、ミチルはやれやれと呟きながら、伊月の机に歩み寄った。筧と並び、伊月の背後からノートパソコンのモニターを見る。

インターネットに接続し、すっかりお馴染みになったアイコンをクリックし、ドラゴンの描かれた装飾的なログインウインドウを表示させる。

「こうやってね、ゲーム世界に入るんすよ。IDとパスワードを打ち込んで……と」

伊月の手が軽快に動く。ほどなく、モニターの画面いっぱいに、中世風の石造りの宿屋と、客室に集うプレイヤーたちが現れた。さすがのミチルも、驚きの声を上げる。

「へえ。凄く凝った画面じゃない。それに、ホントにたくさんの人が、いろんな服装をしてゲームに参加してるのね」

「そうなんすよ。ほら、これが俺のキャラクター、スカーです。かっこいいでしょ」

伊月は、宿屋の客室の中で所在なげに佇むドールを指さして言った。ミチルは、伊月の肩に手を置き、画面を覗き込む。筧は、どこか誇らしげに言葉を添えた。

「僕が服のコーディネートしたんです、ちょっとタカちゃんに似た雰囲気になったんちゃうかなと思うんですけど」

「そうね。色彩がお洒落でいいんじゃない。ねえ、このドールはどうやって動かすの？」

「マウスで操作するんですよ。ほら、こんなふうに」

伊月が慣れた様子でマウスを動かすと、スカーはマントを翻し、客室の扉を開けて出て行く。

「わあ、ホントに走ってるみたい。凄いわ。それで、その……ええと、ややこしいわね、名前が」

「ブルーズ。あいつはいつも、この宿屋の外のベンチにいるんです。今日はどうかな」

最後のほうは独り言のように呟きながら、伊月はスカーを走らせる。

どうやら、ゲーム世界は昼のようだった。明るい外の世界では、ドールたちが賑やかに喋りながら、そこここにたむろっている。

「どれよ、ブルーズって」

ミチルは顔をモニターに近づけた。伊月の右側から、筧も同じアクションをする。

「あ、いたいた。これですよ。この金髪のセクシーお姉さん」

伊月は笑いながら、画面の一点を指さした。なるほど、建物の前にぽつりと置かれた木製のベンチには、長い金髪と臙脂色のマントが印象的な女性ドールが何をするでもなく座っている。ミチルは興味深そうに、指先でちょいと画面のブルーズに触れた。

「これが、伊月君のゲーム世界における危機を救ってくれた、命の恩人？　それでもって、自称小学五年生？」

「そうそう。ちょっと見ててください。会話文は、ドールの頭の上に出ますから」

画面から目を離さず、伊月はドールをブルーズの前に立たせた。昨夜と同じように、優雅な仕草で一礼させてから、彼女の隣に腰を下ろす。

『よう。今日は早いんだな』

女性ドール……ブルーズも、立ち上がって一礼してから、また座る。

『こんばんは、スカー。早いのはスカーだよ。私は朝から晩まで、他にすることがなかったらここにいるもん』

ブルーズの言葉遣いは、出会った夜に比べれば、随分くだけた調子に、そして幼い感じになったように伊月には思われた。……ただしそれは、この場にいる他の二人にはさっぱりわからないことだったのだが。

『おいおい。保健室のパソコンにも、AWのソフトインストールしてんのか？』

『また質問なんだ。ま、いっか。うん、してるよ。ほとんど私のマシンみたいなもんだし。保健の先生、あんまり使い方詳しくないの』

『へえ。で、ただここに座って人間ウォッチングしてんのか？』

『まさか。ただ座ってることもあるけど、ここにいると、時々新人プレイヤーに相談されたり、一緒に狩りにつき合ってって頼まれたり、他のプレイヤーに話しかけられたりするの』

『そういや、俺を最初に助けてくれたとき、あんた森にいたもんな』

『ああ。あの時は、あの森の奥にある知り合いのプレイヤーの家に行った帰り』

『家？　プレイヤーが自分の家を持てるのか、このゲーム』

『たくさんお金を貯めれば、家が買えるよ。手入れがめんどくさいから、私は持ってないけど。宿屋があるから困らないし』

『へえ。……それにしても、そんなに楽しいか、この世界……その、一日じゅうここに入り浸るほどさ。それとも、現実がそんなに面白くないのか？　小学生が』

もし台詞に声がつけられるなら、伊月は「小学生」をうんと強調したことだろう。

やはりまだ、嘘をつかれているのではないかという疑いを捨て切れてはいないのだ。

「タカちゃん、またそないなこと言うて……」

覚は小言を言おうとしたが、ミチルの手前、何となく語調が弱くなってしまう。ミチルはただ、食い入るようにゲームの画面を見つめていた。

『ひとりで勉強するのは楽しいよ。先生が教えてくれるより、自分が知りたいこと、自分で探すのは面白いもん。見つけたとき、やったーって思うじゃん』

『宝探しみたいだな。インターネットは宝の山か？』

『うん。私の先生は、パソコンなんだ。探し方さえ知ってれば、どんなことだって調べられるし……オンラインで友達もいっぱいできる。英語だって、パソコンで習ったよ』

『小学五年生が、英語ペラペラかよ！』

『そんなに喋れなくても、英語でそれなりに読み書きできたら、外国の人とも友達になれるでしょ。外国のホームページも見られるし』

『へえ。大したもんだな』

「ねえ。本当に会話してるみたいなテンポね。二人ともキーを打つのが速いから、凄くスムーズに見えるわ」

ミチルは、筧に囁いた。筧も、少し困った顔で頷く。

「そうですね。せやけど、タカちゃんネトゲ初めてなんで……あんまりのめりこんでおかしいことになったらどないしょう、て心配なんですけど」

筧も、伊月に聞こえないように囁き返した。そんな二人のやりとりなど気にも留めず、伊月は勢いよく長い指でキーを叩く。

『だって、ゲームの中では、誰とでも簡単に知り合いになれるよ。私、今の学校には友達誰もいないけど、AWの中には、たくさん友達いるよ』

「ほら、見てくださいよ」

伊月は、ブルーズのその台詞を指さして、筧とミチルに注目を促した。ミチルは、訝しげに呟く。

「今の学校……？」

『今の学校、ってことは、転校したのか？』

ミチルの疑問は三人に共通したものだったのだろう。伊月はすぐさま質問を打ち込んだ。答えは、あっさりと返ってくる。

『うん。四年の秋に転校したんだ。ママが離婚したから』

「あちゃー」

ミチルは気まずげに顔を顰める。筧も、何だか申し訳なさそうに、大きな体を縮こめた。さすがの伊月も、キーを打つ手が止まってしまう。だが、ブルーズは屈託なく言った。

『気にしなくていいよ。これで二度目だし、慣れてるんだ』

『そ……そっか。でも、ごめんな』

『いいんだって。ただ、転校してこんなにいじめられると思わなかったから、それがビックリだったけどさ』

『ま、転校生は虐められるってのはお約束だって。気にすんな』

伊月が思いつけた言葉は、それだけだった。筧もミチルも、どこか息苦しそうな顔で、二人のやりとりを見ている。

『けど、学校も親も、何にもしてくれないのか？　もう一年近く、教室行けてないんだろ？』

『学校は……。暴れたり登校拒否されたりするよかマシだと思ってるんじゃないかな。カウンセラーの先生とか、時々来るよ。少し話して、帰ってく』

『何だかなあ。親は？　あ……悪い、さっき離婚したとか言ってたよな。お母さんと一緒に住んでんのか？』

『うん。ママと住んでる。ママは夜に仕事してるから、私とはすれ違いなの。だからあんまりうるさいこと言わない』

『そ……っか。で、あんな夜中までパソコンやってんだ』

『うん。ねえ、スカーは今日はお家？　お医者さんだから、病院？』

「お医者さん？　タカちゃん、そないなことまでバラしたんかっ！」

筧が珍しく怒った口調で、伊月の肩に手を掛ける。伊月は後ろめたそうに顔を歪め、「行きがかり上な」とだけ言って、筧の手を払いのけた。

『職場。もう帰るとこだけど』

「タカちゃんて！」

「うるせえ。もう余計なこと言わねえよ。これくらいいいだろ。相手のこと、こんだけ根ほり葉ほり訊いちまったんだからさ」

伊月のメッセージを読むと、ブルーズは立ち上がった。そしてこう言った。

『じゃ、気をつけて帰って。私、コンビニ行ってくるから、いったん落ちるよ』

『そっか。あとでまた来るか？』

『わかんない。気が向いたら』

『わかった。じゃ、ひとまずこれでさよならだな。気をつけて行けよ、コンビニ』

『ありがと。スカーも帰り道、気をつけてね。おつかれさま』

そう言うなり、ブルーズは宿屋の中へ走り込んでいった。ミチルは不思議そうに首を傾げる。

「ねえ、落ちるって？　ゲーム世界から出るってことよね」

「そうっすよ。宿屋か酒場からしかログアウトできないんです。さて、俺も落ちよう」

伊月は、スカーをベンチから立たせ、ブルーズの後を追って宿屋に入った。小部屋でゲームからログアウトし、パソコンの電源を落とす。

一連の作業の間、ミチルと筧はずっと無言だった。

「さて、これで終了。なかなかのもんでしょ、ミチルさん」

わざとらしく明るい声でそう言って、伊月は振り向いた。ミチルは、困惑の面持ちで頷く。

「たいしたもんだわ。予想以上にリアルにできてた。……でも、何か申し訳ない気分。……でしょ、筧君」

「はあ」

筧も、どこかしょんぼりした様子で頷く。伊月は、ノートパソコンの蓋を閉め、バッグに片づけながら、そんな二人を交互に見て顔を顰めた。

「二人とも、何でそんな辛気《しんき》くさい顔……」

ミチルは、自分の席に戻り、バッグを取り上げてボソリと言った。

「何だか、他人の電話を盗聴してるような気分がしたわ」

「電話の盗聴?」

「だってそうでしょ。あのブルーズって子は、スカーと……伊月君と話してたんだもの。こっち側で筧君と私が一緒にそれを見てるなんて、知らないじゃない」

「それは……そうっすね。筧に至っては、覗き見も二度目ですしね。……なあ?」

「う、うん」

さっき叱られた腹いせか、伊月は意地悪な口ぶりでそんなことを言う。可哀相に、素直な筧はすっかりしおれた様子で項垂《うなだ》れた。

「せやな。べつに違法やのうても、警察官にあるまじき行為やな、覗き見なんて」

「まあまあ。それもこれも、ネットに慣れてないくせに、ゲームにはまって無茶やる誰かさんを心配してのことでしょ。筧君は悪くないわよ」

ミチルは筧の背中をポンと叩くと、軽く伊月を睨んだ。

「まったく、大人げないこと言わないの。だいたい、メッセージは頭の上に出てるんだから、他のプレイヤーだって、見ようと思えば見えるんじゃないのよ、よく考えたら」

「……ま、そうですね」

伊月はニヤリと笑って、バックパックをよいしょと肩に掛けた。

「だから、あいつは別に内緒話をしてるわけじゃないんすよ。あっちが堂々としてるんだから、ミチルさんたちがいちいち気にする必要はないです。さてと。帰りますか」

伊月に促され、ミチルと筧は、まだ少し複雑な面持ちのまま、法医学教室を後にした……。

間奏　飯食う人々　その三

それから三十分後。

ミチル、伊月、筧の三人は、筧家にいた。

三人揃って基礎研究棟の玄関を出るとき、筧がふと、ミチルの下げている大きなビニール袋に目を留めたのだ。

「伏野先生、それ重そうやし、僕持ちます。どうせ途中までは一緒なんですし」

だがミチルはかぶりを振った。

「いいわよ。これ、食料だから」

「食料？」

「うん。ほら、私の家はK市でしょう。帰る頃には、店が全部閉まっちゃってて。それに、こっちで買ったほうが何でも安いのよね。重いのを我慢する価値は十分あるわ」

「そうですね。この辺りは物価が安いから、僕みたいな安月給にはありがたいですわ。あの、持ちますから。力仕事は任せてください」

そう言って、篁は半ば無理矢理、ミチルの手から袋を奪い取った。すると、その中身を覗き込んだ伊月が、急にこう言いだしたのである。

「ミチルさん、これ、今日の飯っすか？」

「今日一日でこんなに食べられるわけないでしょ。今週の食料よ」

「へえ。いっぱいあるなあ。……ね、ミチルさん。この材料で、これから鍋しませんか、篁んちで」

「はあ？」

「た、タカちゃん、何言うて……」

思いもよらない提案に、篁とミチルは目を丸くする。伊月は、いかにもいいことを思いついたと言いたげに、重ねて言った。

「だって、店で食ってばっかも体に悪そうだし。みんなハラヘリだし。ここに食料がたっぷりあって、近くに篁んちがありゃ、やっぱ鍋でしょう！」

篁は慌てて、伊月のシャツを引っ張って制止しようとした。

「せ、せやけどタカちゃん。一応……いやあの、一応と違うわ。伏野先生は独身の女の人なんやし、男ひとりの部屋に来てもらうんは」

「何言ってんだ。そのために俺がいるんだろ。お前が狼に変身したときは、この俺様が、孫の手でガツーンと」

「何言ってんだか。体力で、伊月君が篁君に敵《かな》うわけないでしょ。それに、あんたたち二人に、そういう色っぽい展開はこれっぽっちも期待してませんよ」

当のミチルはあっさりそう言って笑うと、当惑しきりの篁の面長の顔を見上げて言った。

「いいじゃない。そんなつもりで買ったわけじゃないけど、鍋くらいは余裕でできる材料が入ってるわ」

「せ、せやけど先生……」

「私も篁君のお家を見てみたいし、ししゃもにも会いたいし。ね、いいでしょ。少しくらい汚くったって、私は気にしないわよ」

「は……はあ。先生がそう言わはるんやったら」

「よし。話は決まった。そんじゃ、とっととお前んち行こうぜ、篁。ししゃもも腹減らして大騒ぎしてるぜ、きっと」

「せやな。……ほな、汚いとこですけど」

先輩後輩コンビに押し切られた形で、筧は二人を自分のアパートに連れ帰る羽目になったのだった。

玄関に飛び出してきたししゃもは、ミチルを見ると、全身の毛をフウッと立てた。無理もない。拾われた夜以来、彼女にはずっと会っていなかったのだから。

「あんたねえ。最初の夜にミルクをあげたのは私よ。この恩知らず」

そう言いながらも、ミチルはすっかり大きくなったししゃもを嬉しそうに見守り、それから筧の部屋をしげしげと眺め回した。

「建物はハッキリ言ってぼろっちいけど、中は綺麗なのね」

「ええ。古い木造アパートやし、一階の角部屋やし、用心悪い言うて、長いこと空き部屋やったらしいんです。大家さんが、警察官が住むんやったら安心やーってえらい喜んで、張り切って内装をやり直してくれたんですわ。家賃もえろう安うしてもらって、何や申し訳ないみたいで」

「そうそう。安心どころか、その警察官はほとんど一日じゅう家空けてんのにな」

伊月は軽く混ぜっ返しながら、ししゃもを片手で抱き上げ、空いた手で器用に戸棚からキャットフードの缶を取り出した。ししゃもを肩に乗せて、流しで餌の皿をガシガシと洗う。

そんな手慣れた動作をちらりと見遣り、ミチルは予想外に広い筧の「城」を探索してみた。狭い玄関を入ってすぐ左手に、六畳の洋室がある。筧はそこで寝ているらしく、彼の巨体にはやや小さいであろうシングルベッドと小さな箪笥《たんす》が置いてあった。奥には、ひとり暮らしには広すぎるほどのダイニングキッチンがあり、それとふすまで仕切られた六畳の和室があった。和室の真ん中には、炬燵がでんと据えてある。ふすまを開け放っているので、室内は開放的な雰囲気がした。余計なものは何一つない部屋だが、綺麗に整頓されている。

「いい感じの部屋ね」

ミチルの言葉に、ビニール袋から食材を出しながら、筧は照れたように笑った。目尻に、人懐っこい皺が寄る。

「寝るだけの場所ですわ。ししゃもが来てから、ちょっと家らしゅうなりましたけど」

「そうね。ししゃもだけじゃなくて、伊月君まで始終入り浸るようになったものね」

ミチルはからかうような視線を伊月に向ける。台所の片隅でししゃもに餌をやっていた伊月は、涼しい顔で言った。

「俺がこいつの代わりに、用心の悪いこのアパートの警備を担当してやってんですよ」

「よく言うわ。あ、筧君。ご飯の用意は私が適当にやるから、いいわよ」

「けど、先生……」

「昨日、帰ってないってことは、お風呂入ってないんでしょ。先に入ってらっしゃい」

「あ……ほな、そうさせてもらいます。すんません、お客さんを台所に立たせてしもて」

筧はすまなそうに頭を掻きながら、それでも汗くさい自覚はあるのだろう、素直にぺこりと頭を下げてから、風呂場へと姿を消した。

「さてと。ねえ伊月君、まな板と包丁どこ？」

「知りませんよそんなの。俺この家で料理なんかしたことねえもん」

ガツガツとキャットフードを平らげるしじゃもの傍らにヤンキー座りして、伊月は即座に答える。ミチルは呆れた顔つきで首を振った。

「ホントにしじゃもの世話以外、何もしてないのね。……あ、あった」

バタバタと戸棚を開閉していたミチルは、やがて目当てのものを見つけ出し、野菜を刻み始めた。

　そんなわけで、シャワーを浴びた筧がジャージに着替えて台所に現れた頃には、一口しかないコンロで、土鍋がぐつぐつと湯気を立てていた。

　筧はさっそく炬燵にカセットコンロを据え、食器を並べる。伊月が子猫を抱いてぼんやりとしている間に、たちまち夕餉の支度が整っていた。

　適当に出汁を張り、野菜やぶつ切りの鶏肉をドサドサと無造作に放り込んだミチルお手製の鍋料理は、かなり「男の料理」に近いものがある。それでも、刻み葱とポン酢の助けを借り、しかも全員が空腹ということもあり、味のほうは上々であった。

　鍋をつつきながら、筧は遠慮がちに口を開いた。

「なあ、タカちゃん。さっきのアレやけど」

「ああ？　ブルーズのことか？」

　口いっぱいに白菜を頬張り、不明瞭な言葉で伊月が問う。筧は頷いて、ボソリと言った。

「ホンマにアカンで。あないに個人的なやりとりしてしもたら。……タカちゃんが正直に話したから言うて、向こうが同じようにしてくれるとは限らへんのやから」

「そりゃわかってるって。だけど、あいつに関しては、俺、やっぱホントかなあって思ってんだ。理由は聞くなよ。何となくとしか言い様がねえんだから」

ムッとした顔で、伊月は言い返す。篁は、まるできかん気な弟に対する兄のような面持ちで、うーん、と首を捻った。

「僕かて、あのプレイヤーの言うことが全部嘘やて言うてるわけやないねんで。けど、あんまりタカちゃんがあの子のこと考えてるみたいやから、心配なんや」

ミチルは黙って、傍らのざるを取り上げ、野菜を鍋に足した。鍋奉行の篁は太い眉をちょっと顰めたが、ミチルのすることに異を唱えるわけにもいかず、すぐに伊月に視線を戻す。

「帰り道にタカちゃんが話してくれたみたいに、百歩譲ってブルーズが小学五年生で、去年の冬から学校で虐めに遭うとって、教室行かれんと保健室とか図書室とかでずっとパソコン弄《いじ》ってるとしてもやで。それ知ったところで、タカちゃんができることは何もないやんか」

「わかってるっての、そんなことはさ」

いつになく厳しい篁の言葉に、伊月は怒られた子供のように不安げな表情で、肩を窄《すぼ》める。それを見て、篁は硬かった表情を少し和らげた。

「怒ってるん違うねんで。けど、タカちゃん子供には物凄い優しいみたいやから、心配やねん」

「子供には？　俺、お前の前で子供なんか構ったことは……」

筧はクスリと笑って、伊月の背後を見る。振り向いた伊月の視線の先には、ちょこんと座って伊月を見ているししゃもの姿があった。

「ししゃもは絶対、タカちゃんのことをお母ちゃんやと思てるで。僕が不甲斐ないせいではあるけど、タカちゃんホンマ、信じられへんくらい、ししゃもを可愛がってくれてるもんな」

「ま……まあな」

伊月と目が合うと、ししゃもはニャンと一声鳴いて、駆け寄ってきた。当たり前のように伊月の膝に乗り、毛繕いを始める。

それを見ながら、ミチルは笑って言葉を添えた。

「そうねえ。ホントビックリするくらい、小さな子には優しいわよね。特に女の子には。あの親鑑の子にも、えらく同情的だったじゃない」

「み、ミチルさんっ」

「親鑑の子？　何です、それ」

伊月の狼狽ぶりなど気にも留めず、ミチルは筧に、先日の親子鑑定の際の伊月と少女の会話を、かいつまんで語って聞かせた。心優しい刑事は、痛ましそうに眉を曇らせる。

「そんな小さい子が、大人の世知辛い事情を知ってるっちゅうんも、可哀相な話ですね」

「だろ。……ミチルさんがばらしちまったから言うけど、何かあの子とブルーズと、面影がダブるってか、同じ空気を感じるってか……」

「同じ空気？　それ、ブルーズの両親が離婚したっちゅう話、聞いたからか？」

伊月はしじゃものふかふかした毛を撫でながら、曖昧に頷いた。

「かもな。親鑑の女の子は、母親が大好きで、だから母親が楽になれるように、お金がもらえたら嬉しい。そう言ったんだ。大人の本当にややこしい事情はわかってなくても、自分が何の役に立つかはちゃんとわかってる。……そんな中途半端なマセガキ具合を、ブルーズにも感じるんだ、俺」

「タカちゃん……」

「わかってんだぜ？　親鑑の女の子には、直接会ってても、そんな話聞いてても、俺はあの子に何も言ってやれなかった。まして、どこの誰かもわかんないブルーズには……さ。でも、俺の質問に答えるってことは、自分のこと喋っても構わないってか、もしかしたら、聞いてほしいと思ってるからかもしれねえだろ」

「まあ、ホンマの話やったらな」

筧はあくまでも冷静に、熱っぽく語る伊月に釘を差そうとする。伊月は口を尖らせつつも、筧が自分を案じていることは理解しているのだろう。腹を立てる様子はなく、こう言った。

「今はさ、俺、あいつに騙されててもいいや、って思ってるんだ。インターネットの架空世界にしか友達がいないんなら、せめて話だけでも聞いてやろう、って。それだけだよ。俺のことはあんまり喋らないように気をつける。だから、心配すんなよ。な？」

「せやったらええけど……。僕が教えたゲームやから、何かあったらどないしょう思て、責任感じてるんや」

「大丈夫だって。ほら、鍋煮えてんぞ。ガンガン食えよ」

「あ……うん」

伊月に笑顔で促され、筧はまだすっきりしない顔で、ぐつぐつ煮立っている鍋の中に箸を突っ込んだ。

「それにしてもさ」

ミチルは、鍋の底から大量の葛切りを自分の小鉢に取り込みながら、興味深げに言った。

「どうして伊月君、そんなふうに小さな子には優しいわけ？　子供好き？」

「いや……べつにそういうわけじゃないっすけど。ただ、俺もけっこう子供時代、寂しいガキだったから」

伊月は、鶏肉の皮を几帳面に取り除きながら低い声で言った。

「ほら、うち親父が当直ばっかりの外科医でほとんど家にいなかったし、母親も医者で、やっぱり夜まで帰らなかったから。典型的な鍵っ子って奴だったんですよ。でも、両親は仕事好きだし、働かないと飯食えないし、自分はほっとかれても文句垂れちゃいけないって、子供心に理解してたんです」

「……そうなんだ」

意外な告白に、ミチルは目を見張る。その辺りの事情を知っている筧は、どこか自分が痛そうな顔をした。

「我《わ》が儘《まま》こねたって、どうしようもなかったんすよね。親父はそもそも家にいないし、母親は時間が来たらとっとと仕事行っちまうし。だから、何言っても無駄なんだ、って思うようになって。それが普通なんだから、寂しくない。誕生日会もクリスマスもなくたって平気だ。……そんなふうに、自分に暗示をかけてたんすよ」

「そりゃ、さぞかし可愛くない子供だったでしょうね」

ミチルのからかいに、伊月は顔を歪めるように笑って頷く。

「たぶんね。俺はひとりでしっかりやってけんだ、お前らみたいに親にベタベタ甘えてなんかいねえんだ、っていきがってるガキでしたからね。……けど、その、本人を前にして恥ずかしいっすけど、筧と友達になって……」

筧は目を丸くして、自分を指さす。伊月は軽く頷き、鼻の下を擦りながら言った。

「筧はすげえお節介なガキで。あんまりしつこく根ほり葉ほり訊くもんだから、ついこれまで誰にも言わなかったような、親への不満とかぶちまけちまったんです。……そん時はこいつにすげえ腹立てたんですけど、後で思えば、ああ俺やっぱり、誰かに話聞いてほしかったんだな、一緒にいてほしかったんだなってわかったってか、つまり筧に感謝したってか、嬉しかったってか……。まあ、そんな経験があるから、ブルーズがもし誰かに話をしたいんなら、聞いてやろうと思って」

後半は超特急の小声だったが、それを聞いた筧は、嬉しそうに屈託のない笑みを浮かべた。

「そんなん思てたんか、タカちゃん。知らんかったわ。あの頃のタカちゃんは怒ってるか威張ってるかどっちかやったからなあ。僕は思いきり迷惑がられてるんやと思ってた」

「ばーか。フリだよ、フリ。昔も今も、お前には感謝してる。……二度は言わねえぞ、こんなこっ恥ずかしいことは」

一息に吐き捨てるなり、伊月はやけに赤い顔をして、ガシャガシャと鍋を掻き回す。

それを見て、一瞬顔を見合わせた筧とミチルは、同時に吹き出した。

三人は、それぞれ心の片隅にブルーズや親子鑑定の少女のことを思いながら、それきり話題を変えて、当たりさわりのないお喋りをしながら、食事を続けたのだった……。

四章　どこかで呼ぶ声が

日付が変わって、午前零時十三分。

筧家から帰宅した伊月は、シャワーを浴び、まだ濡れた髪のまま、ベッドに寝転んでいた。

その傍らには、電源の入ったノートパソコン。そう、彼は再び、ＡＷにアクセスしていた。

「食い過ぎた。腹一杯で眠れねえもんな。ちょっとだけ……」

自分で自分にそんなもっともらしい言い訳をしながら、マウスを操作する。

「あれ、いねえや」

いつもの宿屋前の指定席に、ブルーズの姿はなかった。他のドールが並んで座り、ドラゴン討伐のテクニックについて、あれこれ語り合っている。

「そっか。コンビニ行くって言ってたの、随分前だもんな。小学生はおねむの時間かね」

やけにがっかりした気分になっている自分を嘲笑《あざわら》いつつ、伊月は、それでもあっさりゲームからログアウトしてしまう気になれず、スカーを森へと向かわせた。

「せっかくゲームに入っちまったんだもんな。こないだの続きで、ちょっとだけこいつを鍛えよう」

今日はゲーム世界は昼間らしく、森の中も明るい。伊月は森へどんどん入っていき、スカーを手当たり次第に出くわした動物と戦わせてみた。

前回は、ブルーズがすぐ近くについていて、しょっちゅう回復魔法をかけてくれた。それはとても有り難かったのだが、彼女が本当は子供だとしても、ドールの見た目は若い女性である。伊月にしてみれば、「職場でもゲームでも、女に手取り足取り教わって助けてもらってばっかじゃな」ということになるのだ。

幸い、かなり集中して「修業」したおかげで、スカーの剣のスキルはかなり上がっていたらしい。最初は手こずっていた牡牛や熊でも、ほんの少しダメージを受けるだけで、難なく倒せるようになっている。

「肉と皮を回収……と。俺もだいぶこの世界に馴染んできたなあ。しかし、剣士が皮と肉を売って生計立ててるってのも、妙か」

まだ湿った髪から時折水滴がシーツに落ちるのにも気付かず、伊月はそんな独り言を言って口元に笑みを浮かべた。

どうやら、ゲーム世界は一日が二十四時間よりうんと短いサイクルで過ぎていくらしい。数十分プレイした頃、森は突然すうっと暗くなった。伊月は慌てて、スカーの手に、ブルーズからもらったランタンを持たせた。ドールの周囲だけが、ぼんやりと温かそうな光に包まれる。

「ちぇっ。夜になっちまった。……そろそろ町に戻ってやめるか。明日、寝過ごすとやべえしな」

だが、マウスを動かそうとした伊月は、ハッとして動きを止めた。森の奥のほうから、チラチラと小さな光がスカーのほうに近づいてきたのだ。

(……誰だ？)

モンスターや動物が、灯りを持つことはないだろう。だとすると、こちらに向かってくるのは、町へ戻るドールに違いない。どうせなら、声を掛けて一緒に戻ってみようかと思い、伊月はじっと待った。

ほどなく、スカーの前に現れたドール……それは、あまりにも見慣れた、金髪に臙脂色のマントのブルーズだった。

『あれ？　スカーじゃない。何してんの、こんなところで。あっ、ひとりで熊を倒したのね！　すごい』

『凄い、じゃねえよ。あんたこそ何やってんだ、こんな時間にこんなとこで』

『ちょっとね、散歩。ぶらぶらしてただけ』

『小学生が夜更かししてんじゃねえよ。大きくなれないぜ』

そう言うと、ブルーズは突然どこからともなく椅子を二脚取り出し、その場に置いた。伊月は仰天して目を見張る。……ドールのスカーのほうは、無表情に突っ立ったままなのだが。

『ど……どっからその椅子……それも魔法か？』

『違うよ。椅子はね、木工のスキルで作るの。ミニチュアにして、鞄に入れとけるんだよ。……ね、ちょっと話そうよ』

『ここでか？　宿の前に戻ってからでもいいんじゃないのか』

『今日はここで二人きりでしゃべりたい気分なんだ。それとも、もう寝ないとダメ？』

さっさと椅子の一つに腰掛け、ブルーズはそう言った。無表情に、膝に手を置いて座っているドールしか伊月には見えないのに、何故か不安げな顔で自分を見ているあの親子鑑定の少女が脳裏に浮かんで、伊月は思わず頭を振った。

(馬鹿。一緒くたにすんなよ、俺。あの子はあの子、こいつはこいつだろ)

伊月は軽い苛立ちを覚えつつも、キーを叩いた。うつ伏せで肘を突いているせいで、肩が凝る。

『いいよ。ホントは駄目だけど、いいことにする』

『何それ、変なの』

『俺、フェミニストだから。女の子の誘いは断れないだろ』

『フェミニスト……って何?』

『女の子を大事にする男ってことさ。で、どうした?』

『ん……。さっきごめんね、急に出かけたりして』

『別にいいよ。俺も帰るとこだったし。今家なんだ』

『そっか。……あのさ。訊いてもいいかな』

『いいよ。俺のことか?』

伊月は警戒しつつも、承諾の返事を打ち込んだ。すぐさま、質問が投げかけられる。

『スカーってさ、ホントんとこ、何歳?』

伊月は、咄嗟に答えられず、手をキーボードの上に彷徨《さまよ》わせる。しばらくして、彼女はまたメッセージを打ち込んできた。

『じゃあ、これなら答えてくれる？　二十歳より上？　下？』

まだ少し迷いながらも、伊月は返答した。

『上』

『じゃあさ。三十五より上？　下？』

『変な質問だなあ。下だよ。フツーの、そこそこ大人の男だって』

『そっか……じゃあさ、結婚してる？』

『してない……けど』

『彼女は？　いる？』

『何だよ。夜中の森で椅子並べて、取り調べか？』

そんな伊月の言葉に、ブルーズは立ち上がり、いきなり周囲の木の枝を小刀で切り、薪を作った。それを二人の前に置き、魔法で火をつける。二人の周囲が、さらに明るさを増した。

『取り調べじゃなくて、キャンプファイヤー！』

『ばーか。いいよ、答えてやるよ。今はいない。「お友だち」はそれなりにいるけどな』

『そうなんだ。……あのさ。変なこと訊いてもいいかな』

「……もう、十分変じゃねえかよ」

そんな呟きは文字に出さず、伊月はただ『いいよ』とだけ答えた。

質問するほうでありながら、ブルーズはやけに躊躇い、長らく沈黙していた。そして、おもむろにこんな質問を投げかけてきた。

『あのさ。たとえば、女の人を好きになってさ。その人に子供がいたら、どう思う？』

伊月はギョッとした。

（……そういや、離婚した母親と暮らしてるとか言ってなかったか、こいつ）

『どう思うって……どういうことだよ』

『だから、好きな女の人に子供がいたら、嬉しい？　悲しい？　困る？　鬱陶しい？』

伊月は、垂れていた前髪を後ろに撫でつけ、眉を左右非対称にして唸った。

『んなこと言われても、俺、子持ちの女に惚れたことがないから、わかんないな。だいたい、その子供次第なんじゃないか？』

『じゃあ、どういう子供なら好きになれる？　男の子がいいとか、女の子がいいとかさ』

伊月はしばらく考え、そして手を動かした。

『そんなことは、マジわかんねえ。……ってか、それはあんたのことか？』

数十秒の沈黙の後、ブルーズの「声」であるピンク色の文字が彼女の頭上に浮かぶ。

『うん。……ここには他に誰もいないから話すね。スカーにだけ、聞いてほしかったの』

『何で、俺だけ？　ここには友達多いんだろ？』

『ん……わかんない。でもなんか、スカーって話しやすい気がするよ』

「内緒話かよ……参ったな」

伊月の濡れ髪は、すっかり冷え切ってしまっていた。伊月は寝そべったまま腕を伸ばし、パネルヒーターのスイッチを入れた。ここ数週間のうちに、朝晩はかなり冷え込むようになっている。

『話しやすい、ねえ。……で、何だよ？』

『……ママね、今のアパートに越してきてすぐ、新しい彼氏出来たんだ。ママより年下であんまりかっこよくないけど……ママのタイプなんだ。頼りないとこが可愛いんだって』

『あんま好きじゃないんだな、そいつのこと』

『どうしてわかるの（笑）？　やだな。心読まれちゃった』

わざとらしい（笑）の挿入。伊月には何故か、ブルーズが書き込みの調子の軽さとは違って、酷くナーバスになっているのがわかった。だから彼は、何も言わずにただ待った。やがて、ブルーズは再び語り始める。

『その人ね、フリーターだから、仕事してるときもあれば、してないときもあるの。仕事ないときは、うちでゴロゴロしてるのね。……何て言えばいいのかな』

『半同棲？　その、半分一緒に暮らしてるみたいなもんか？』

『うん、そう。それ。まだ結婚してないんだけどさ。……ママとは凄く上手くいってるんだ。ママも、あの人のこと好き。今までいろんな人と結婚したりつきあったりしたけど、今の人がいちばんいいって言ってる』

『いいことじゃないか。それとも、あんたとは上手くいってないのか？』

また個人的事情に踏み込んでしまった……と思いつつも、今の伊月にはこう水を向けるより他にない。

(今夜のは、俺のせいじゃねえぞ、筧。こいつが振った話なんだからな！)

目の前にちらつく筧の顰めっ面に弁解し、伊月は、また長い沈黙を予測して、ベッドサイドの引き出しを探った。滅多に吸わないが、たまに一本ほしくなることがあるので、気が向いたときにそこに煙草を買って入れておくのだ。

だが、ブルーズの次のメッセージは意外に早かった。伊月は煙草を諦め、再びモニターに向かい合う。

『ホントのパパと別れてから、ママの好きになる男の人と上手くいったことはないんだ。ママは、私がませた可愛げのない子供だからだって言うの。そうかな？』

『だから、俺は知らないって』

『そうだよね……。ごめん。けどさ。これまでは、おとなしくしてればよかったんだ。知らんぷりしてれば、向こうも好きにやるしさ。仲良くはなくても、別に問題なかったんだけど……』

伊月は、肌寒さにもそもそと毛布をかぶりながら、眉を顰めた。

『今度の奴は、そうじゃないのか？』

『……さっきね。コンビニ行ったでしょう。あれ、あの人が煙草買ってこいって言ったからなの。パソコンの電源をすぐに落とさなかったから、ちょっぴり遅くなって……ね』

『何だよ？　そこまで喋ったんなら全部言えよな』

胸騒ぎを覚えながら、伊月は先を促した。ブルーズは椅子から立ち上がり、焚き火の周りを一周した。そして、スカーの前に立ち、こう言った。

『殴られた。初めてじゃないの。言うこと聞かなかったり、あの人きげん悪かったりすると、時々そうなんだ。……どうしてなのかなあ。やっぱり、私が可愛くないからだよね、それって』

『おい、馬鹿言ってんじゃねえ。ちょっと待てよ』

伊月は思わず毛布から這いだし、ベッドの上に胡座をかいた。ノートパソコンを膝に抱え上げ、猛烈な勢いでキーを叩く。

『どこ殴られたんだ。顔か？　どっか怪我してないか？　そいつ今何してんだ』

ブルーズは再び椅子に掛け、淡々と答えた。

『顔。でも大丈夫。今日は一発だけだったし。そんな心配しないで。慣れてるよ』

「馬鹿。慣れてんじゃねえ、そんなこと！」

相手に声が届かないことも忘れ、伊月は思わず現実世界で大声を出す。

『あの人、今テレビ見てお酒飲んで寝てるから。こうして自分の部屋で静かにネットやってれば、たぶん大丈夫』

『いや……だからそうじゃねえだろ。何で母親に相談しないんだよ』

『できないよ。ママとはホント仲良くしてるんだもん。一度だけ、あの人にぶたれたって言ったら、それは私が悪い子だからでしょうって。……そうなのかなあ。学校でいじめられるのも、あの人が殴るのも、私が悪い子だからなのかなあ』

『何言ってんだ、そんなわけないだろ！』

『どうして？　私に会ったことないから、いい子だか悪い子だかわかんないんでしょ、スカー』

『そんな揚げ足取りしてる場合じゃやな』

伊月がまだメッセージを打ち終わらないうちに、ブルーズはひょいと立ち上がった。

『ゴメン。ちょっと聞いてほしかっただけなの。嫌なこと聞かせてごめんね』

『そんなことはいいけど、マジで大丈夫かよ』

『平気。悪いけど落ちる。あの人、また呼んでるから。嫌じゃなかったらまた会お。売買』

よほど焦ったのか、「バイバイ」と打ったつもりが「売買」に変換されているのにも気付かず、ブルーズはその場から眩しい光に包まれて姿を消した。魔法で町まで飛んで、素早くログアウトしたのだろう。

伊月は、スカーひとりになったパソコンの画面を、しばらく呆然と見つめていた。

やがて、フウッと肺が空っぽになるほど大きな溜め息をつき、我知らず強張っていた肩から力を抜く。

「いい加減にしろよ、畜生」

力無く呟き、伊月はモニターを睨みつけた。ぼんやりと腑抜けたように座り込んでいるスカーに、八つ当たりとしか言い様のない苛立ちを感じる。

「馬鹿野郎、いつまでも座ってんじゃねえよ」

まだ魔法が使えないスカーを徒歩で町へと導きながら、伊月は何度も嘆息した。

「ったく……勝手にあんな話聞かせて、勝手に打ち切って落ちるなよな。俺の気分はどうなるんだよ、あのクソガキ」

数回出会って言葉を交わしただけではあるが、伊月にとってブルーズはインターネット世界で最初の知り合い……いや、心情的には「友達」だった。

互いの素性どころか顔も知らない相手を「友」と呼ぶのは適当かどうか、伊月には今もってわからない。

だが、ブルーズに感じるこのやけに親密な気分はなんなのだろうか。どうして、彼女の話にここまで動転してしまう自分がいるのだろうか。伊月は酷く混乱していた。

スカーを宿屋へ行かせ、ゲームからログアウトする。ノートパソコンの電源を落とし、蓋を閉める。

もはや無意識に一連の動作を行えるようになった自分に呆れつつ、伊月はごろんと仰向けに寝転んだ。胸に抱いたノートパソコンは、まるで猫のようにじんわりと温かい。

「インターネットって妙だな……」

伊月は、天井の蛍光灯を見上げながら呟いた。

現実世界では決して知り合う由もなかった人間たちが、インターネットという虚構の世界で出会い、年齢も性別も生活環境の差も、すべてを超えて、平等な条件で「友人」になる。そして、親しく語り合う……。

「相手の顔も知らないのに、あんな込み入った話をしちまうんだもんな。いや、相手が見えないから、心にわだかまったもんが、ぽんと簡単に吐き出せるのか。……そっか。電話相談と同じシステムだよな」

相手が自分と何のかかわりもないとわかっているからこそ、誰にも言えないような悩みや苦しみが打ち明けられる。電話相談のそんな「遠距離の安心感」が、インターネットでの人とのつきあいにもあるのかもしれない。さらに、自分の声で語らなくても、まるで他人事のように文字で淡々と語ればいいのだ。さらに気が楽になるのも、頷ける話だ……と伊月は思った。

(けどなあ……殴られたってあいつ……。嘘だったらもうすげえムカツクけど、ホントだったら)

「ホントだったら、どうすんだ、俺」

自分の考えに自分で突っ込んで、伊月は絶句した。しばらく考え込んでいた彼は、やがて床にパソコンを置き、灯りを消した。ゴソゴソと布団に潜り込む。

布団の一部分だけが自分の体温で温まっていて、どうにも寝心地が悪い。しかも湿った髪のままで眠ると、朝、ドライヤー片手に大奮闘を余儀なくされることもわかっている。それでも伊月は、柔らかな枕に頬を押しつけた。

枕元の時計を引き寄せてみると、時刻はすでに二時を過ぎていた。伊月は暗闇の中でじっと目を開いていた。少しも眠くない。先刻のブルーズの話が、頭の中で何度も再生されていた。

徐々に目が暗さに慣れて、家具のシルエットがぼんやりと見え始める。

「クソ……羊でも数えるかな……」

待っても訪れない睡魔を招き寄せるべく、伊月は無理矢理ギュッと目を閉じた。

＊　　＊

翌日のO医大法医学教室は、久々にてんてこまいの大忙しだった。一家焼死事件の解剖が、一日に二件入ったのである。

いつもの人造大理石の解剖台に加え、臨時のステンレス解剖台まで出して使ったので、ただでさえ広くない解剖室は、酷く狭苦しくなった。都筑には清田が、ミチルには伊月がつき、チームを二つに分けて、同時に二体ずつ解剖を行った。シュライバーには陽一郎に加えて峯子まで解剖室に動員し、まさしく教室員総動員で解剖にあたったが、それでもすべてが終わったときには、夜の八時を過ぎていた。

「はー、えらいことでしたな。ああ、疲れた疲れた！　腰に来ましたわ」

床に撒いた水を水切りで排水溝に流し込みながら、清田は大袈裟な身振りで腰をさすって笑った。もう初老と言ってもいい年齢に達した彼だが、声にも動きにも、まだまだ余力が感じられる。

「どうも先生方、お疲れさまでした」

二件目、四体の解剖はこともあろうにT署の管轄で、中村警部補はいつものツヤツヤした黒髪を撫でつけながら、元気な声を張り上げた。

「いやー、今日はホンマ疲れたわ。みんなご苦労さん。住岡君、用意できてるか？」

中村とたいして歳は変わらないだろうに、都筑は体から脂っ気というものがすっかり抜き取られたように、くたびれ果てた顔をしている。首を傾けると、ゴキリと大きな音がした。

「用意って何、ネコちゃん」

筧と向かい合わせのシンクで血だらけの器具を綺麗に洗いながら、ミチルは首をねじ曲げて峯子を見た。

峯子はニコニコ笑いながら答える。

「お茶会の用意ですにゃ。都筑先生のお言いつけで、ドーナツいっぱい買ってきました。飲み物も。準備室に用意できてますから、上がった方からどうぞ」

都筑は細い目を三日月形にして、にまにまと笑って言った。

「そういうこっちゃ。まあ、警察の人はこれからまだ仕事あるから、酒っちゅうわけにもいかんやろ。せめて、おやつ食うて帰り」

そんなわけで、まずは中村と都筑が、それから解剖室の掃除を終えた清田、ミチル、伊月が、そして最後に、死体検案書の受け渡しを終えた陽一郎と峯子、それに警察の面々が解剖準備室に集った。

テーブルの上には、ペットボトルのお茶と共に、山ほどのドーナツが置かれている。

「何か、懐かしの『ツイン・ピークス』みたい」

「ほんまですね」

ミチルの言葉に笑って頷きながら、筧はオールドファッションドーナツにかぶりついた。気持ちがいいくらいの大口である。

伊月は、すっかり帽子の癖がついてしまった髪を手櫛で直しながら、小声でミチルに話しかけた。

「ミチルさん。俺、訊きたいことがあったんですよ」

「何？　焼死の解剖で、今さら訊きたいことなんかないでしょう」

黄色いクランチの粒が唇の端にくっついたままのミチルの顔を見ながら、伊月は昨夜からずっと頭にあった問いをミチルに投げかけてみた。

「こないだミチルさん、家庭内暴力の話、してくれたでしょう。あれの『家庭内』って、たとえば、結婚はしてないけど半分一緒に暮らしてる奴ってのも、対象に入るんですか？」

思いもよらない質問に、ミチルはドーナツをくわえたまま、しばらく無言で伊月の顔を見ていた。ミチルの隣にいたせいで、自然と二人の会話が聞こえてしまう筧も、ただ目を見張っている。

「まあ、その『半分一緒に暮らす』の程度にもよるけど、家族に等しい関係ってことで、家庭内に含めることは多々あるわよ。それが何？」

訝しげなミチルの視線から目を逸らし、伊月はもう一つ問いを重ねる。

「でもって、児童虐待ってのは、親が子供を虐待することでしょう？　その『親』にも、そいつは入るわけですか？」

「うーん。それこそケースバイケースだけど、法律では、『児童虐待とは、保護者がその監護する児童に対し、虐待を行うもの』って感じで規定されてるの。保護者ってのは、勿論親権を持つ者や未成年の後見人、そんな人のことよね。でも、児童を監護する立場の人間という意味で、今伊月君が言うような、同棲中の恋人、ってのも広く含めることは可能だわ。ねえ、それって誰のこと言ってるの？　伊月君の身近に、虐待されてる子供がいるの？」

ミチルは声を低めてそう言い、伊月の顔を軽く睨んだ。伊月は、決まり悪そうに視線を宙に泳がせる。

「ちょっと。児童虐待のおそれがあるケースを見つけたときは、児童相談所とか福祉事務所に通告しなきゃいけないのよ。児童福祉法で規定されてるの。……特に、私たちは一応医者なんだから」

「ああ、だからその……見つけたってか聞いたってか。ホントかどうか、さっぱりわかんないんですよ」

「何それ」

伊月は、テーブルの反対側で、今日の症例について話し合っている都筑と中村に聞こえないように、小声で昨夜のブルーズの話をミチルと篁に打ち明けた。

「タカちゃん、またあのゲームに……」

篁は、何だか途方に暮れたような顔になる。伊月がゲームにのめりこんでいることに、責任を感じているのだろう。ミチルは、難しい顔で口元に手を当てた。何かを考えているときの、無意識の仕草である。

「それは……本当なのかしら。本当だったら、ちょっと問題ね」

伊月は、曖昧に首を傾げた。

「本当かと訊かれれば、俺にはわかんないんですけど……。でも、冗談でそんなこと言うなんて俺には」

「わからへんで、タカちゃん。ネットには、いろんな人がおるんやから」

「おい、警察官ってのは、人を疑うだけが仕事なのかよ。お前まで、そんな荒んだ奴になるなよな」

伊月は篁をジロリと睨み、しかし少し声を和らげて、こう訊ねた。

「なあ、篁。何とか調べられないもんか？」

「え？　何を？」

篁はキョトンとする。伊月は、苛立ったように早口で言った。

「だから。さっきミチルさんも言ったろ？　児童虐待の可能性があるケースを見つけたら、通報しなきゃいけないんだって。だからその、ブルーズの身元ってか素性ってか、調べられないかな」

ようやく伊月の意図するところを理解した筧は、真っ直ぐな眉をハの字にして、困ったように唇をへの字に曲げた。

「おい、どうなんだよ」

「そら無理やわ、タカちゃん」

「どうして」

「どうしてて、なんぼ法医の人の言うことでも……」

筧がその理由を口にしようとしたとき、中村がおもむろに声を張り上げた。

「えらいご馳走になって、ありがとうございました。ほな、僕らこれで失礼しますわ。また、解剖の写真はお届けしますんで」

同僚の刑事と共に、筧もハッと姿勢を正し、都筑に頭を下げる。都筑は、まだドーナツが数個残った紙箱を、筧に差し出した。

「持って帰り。これから夜なべ仕事やろ。若いもんは、ガンガン食わんとアカンで」

「……すいません。じゃ、お言葉に甘えて」

上司の顔を一瞬窺い見てから、筧は両手でその箱を受けとった。都筑から筧の手に渡った途端、紙箱がやけに小さく見える。

「そしたら先生がた、お疲れさんでした」

中村は、飲みかけのペットボトルを手に、何度も頭を下げて出て行く。もうひとりの刑事と筧も、慌てて後を追った。準備室を出て行こうとして、筧はチラリと伊月の顔を見る。だが結局何も言えないまま、筧は扉の向こうに消えた。

「さあ、お片づけして帰りましょう。今日は凄い残業しちゃった」

峯子と陽一郎は、いそいそとテーブルの上を片づけ始める。清田は解剖室の片づけと戸締まりのチェックに向かい、都筑はうーんと大きく伸びをした。

「お疲れさん。ほな、上がって帰り支度しよか」

都筑に従い、ミチルと伊月も準備室を出て、基礎研究棟のエレベーターホールに向かう。

エレベーターの中で、都筑は二人に訊ねた。

「せや、ここんとこえらい解剖続いてしもたけど、二人とも学会準備大丈夫なんか？」

ミチルは笑って頷く。

「ご心配なく。二人とも、スライドは明日の夕方には全部揃う予定ですから」

「そうか。ほな、明日の夜、何もなかったらリハーサルしよか。まあ、最終リハは前日の金曜日にするとして、特に伊月先生は、前もっていっぺん通しで練習しといたほうがええやろ」

「そうですね。明日は解剖が入らないように、祈っておきましょう。ね、伊月君」

伊月は、先刻筧との話を途中で打ち切られ、不機嫌そうな顔のまま頷く。都筑は、そんな伊月の顔を見て、疲労のせいだと思ったらしい。エレベーターを降り際、伊月の二の腕をポンと叩いて言った。

「まあ、学会直前は解剖ラッシュと相場が決まっててんねん。そないへこまんと、頑張りや」

「いや、別にへこんでないっす。あの、都筑先生」

伊月は、教授室へ入っていく都筑を呼び止めた。ミチルはやれやれという様子で、自分の席へ勢いよく腰を下ろす。

「何や？」

部屋の入り口で足を止めた都筑は、細かい皺の寄った瞼を揉みながら訊ねた。伊月は、言葉を探しながら、こう切り出した。

「あの、ですね。たとえばの話なんですけど、先生がもし、小さな子供からの間違い電話を受けたとしてください」

「はあ？　何やわからん話やな」

伊月は、ミチルの近くに突っ立ったままで、珍しく真面目な表情をして訊ねた。

「どこの誰だかわからないその子が、突然『私は義理のお父さんに殴られてるの』って告白して電話を切ったら、どうします？」

「どうって……吃驚するわなあ」

都筑は至極もっともな返答をして、細い目をパチパチさせた。伊月の意図を測りかね、困惑していることを素直に伝える表情である。

伊月は、じっと自分を見上げるミチルの視線を感じつつ、彼女の机の端に軽く腰掛けて言った。

「驚くだけっすか？」

都筑は困惑の面持ちでしばらく考え、そしてやるせなく首を振った。

「君が何言いたいんか、僕にはようわからんわ。そら、そんな不穏なこと言われたら、立場上気にはなるやろけど、どないもしようがないやん。どこの誰やもわからんし、悪戯かどうかも判断つかんやろ」

「それが本当かどうか、調べてみたいとは思いませんか？」

「自分の力でできるんやったらな。けど、そないな間違い電話一本で、警察に何か頼むんは無理やろし、結局しばらく『あれは何やったんやろなあ』て思うだけで終わると思うで」

「……やっぱりそうですか」

どことなく気落ちした様子の伊月を見て、都筑は顎を撫でながら言った。

「それはアレか、さっき君が伏野先生と筧君に喋っとった話に繋がってるんか？」

「き、聞こえてたんですか」

伊月はギョッとして目を見開いた。都筑は、苦笑いで頷く。

「一メートルほどしか離れてへんかったんやで。僕はそこまで耳遠なってへん。何や、インターネットの話なんか？」

そこで伊月は、極めて簡単に、インターネットゲーム「ＡＷ」について、これまでのブルーズとの会話について都筑に語った。

その間に、峯子と陽一郎がさっさと帰り、清田が去り、そして都筑は、教室共用パソコンの椅子に腰掛けて、伊月の話にじっと耳を傾けていた。そして、伊月が話し終えると、感心しきりの様子で口を開いた。

「はあ。何や最近の技術の進歩は凄いなあ。僕らもう、遥か彼方に置き去りやわ。ほな君、この世界中のどこにおるかもわからん人間に、『母親の恋人に暴力振るわれてる小学生』やて告白されたんかいな」

「……そういうことになりますね」

伊月は肩を竦める。ミチルは、投げやりな調子で口を挟んだ。

「それで伊月君、筧君に、その子の身元を警察で調べられないか、なんて訊くんですよ。可哀相に筧君、困っちゃってました」

「だって……。犯罪を発見するのも未然に防ぐのも、警察の仕事のうちじゃないっすか。だから……」

「だからって、そんな不確定要素の多すぎる話を真に受けて、警察が動けるわけないでしょう。所轄管内の話ならともかく、世界中のどこにいるかもわからない人間なのよ、そのブルーズって人は」

ミチルに窘められて、伊月はますますムッとした顔で口を尖らせる。都筑も、うーんと唸った。

「せやなあ。ちょっと警察が事件として動くには、情報が不十分やろな。まあしかし、気になる気持ちもわからんでもない。さしずめ、禅宗の『隻手《せきしゅ》の声』っちゅう感じか」

その耳慣れない言葉に、伊月とミチルは異口同音に聞き返した。

「隻手の声？」

都筑は、学生に講義するような調子で言った。

「隻手は、片手のこっちゃ。『隻手の声』っちゅうんは、禅宗の公案の一つなんやけど、知らんか？」

二人の部下は、気持ちがいいほど同じスピードと振幅で首を横に振る。都筑は、嘆かわしげに言った。

「アカンで、医者やからいうて医学しか知らんかったら、小さい人間になるで。『隻手の声』っちゅうんは、片手の音のことや」

ミチルは、右手の親指で人差し指の関節を器用にポキリと鳴らし、「これのことですか？」と言った。都筑は笑って片手を振る。

「アホかいな。違う違う。禅宗の公案やで。もっと高尚な話や。……つまりな、両手で鳴らす音は、誰かて聞こえるやろ？」

都筑はパンと手を打ち鳴らしてみせる。伊月は「それで？」と言いたげに肩を竦めた。

「せやけど、片手をこう振ってみても、何の音もせえへんやろ？」

都筑は次に、右手だけをさっきと同じように軽く振った。伊月は訝しげに顔を顰める。

「当然でしょう。だって左手がないんだから、右の手のひら、どこにも当たってないじゃないですか」

「そこや！　せやけど、この手の動きを見て、心の耳で音を聞けなアカン。それが白隠禅師の有り難い教えなんや」

ミチルと伊月は、思わず顔を見合わせた。躊躇いがちに口を開いたのは、ミチルである。

「つまり……そのたとえ話って、こういうことですか。姿の見えないネット上での相手の声を、心の耳で聞けって……」

都筑は満足げに頷いた。

「せや。相手の姿を心の目で見て、相手の声を心の耳で聞こうとせなアカンの違うか。僕にはまあ、ようわかりきらん話ではあるけど、あんまり焦ったらことをし損じるで」

「……焦ってるわけじゃ」

伊月は、口をへの字に曲げ、眉間に縦皺を寄せる。その叱られ坊主のような顔を見て、都筑はにやりと笑い、立ち上がった。

「まあ、猪突猛進は若者の特権やけど、ちいとは偉い坊さん見習って、落ち着いてみることやな。だいたい君、もうすぐ学会の初陣を控えてるんやろ。ゲームする元気があるんやったら、明日の夜までに発表原稿仕上げときや」

「……勿論、バッチリ仕上げますよ。先生の訂正の余地がないくらい」

負けん気だけは人一倍の伊月は、ふてぶてしく答える。

「さよか。ほな、僕は去《い》なしてもらうわ。お疲れさん」

都筑はご自慢の自転車を教授室から担ぎ出すと、そのまま教室を出て行った。

伊月は、小さく舌打ちして自分の席に行き、帰り支度を始める。ミチルは、教室の戸締まりをしながら、さっきの都筑の言葉を口の中で転がした。

「隻手の声……か」

「心の目で見ろだの、心の耳で聞けだの、そんなこと言われたって、どうしろってんだよ、まったく」

伊月は不満たらたらで、バックパックに荷物を詰め始めた。ミチルはクスリと笑って、鍵がたくさんついたキーホルダーを振り回しながら言った。

「まあとにかく、落ち着いて現実生活ですべきことを先にやることね。明日、大学に来てから読み原稿作ろうなんて思ってたら、また解剖が入るわよ」

「わかってます。ったく、すぐ子供扱いするのは、やめてくださいよ」

「はいはい。今日は、筧家にお泊まり？」

ミチルは伊月が廊下に出てから、教室を消灯し、防犯システムをオンにした。二つある鍵を閉めてから、二人はエレベーターに乗り込む。

「泊まるかどうかは気分次第ですけど、とりあえずししゃもの晩飯をしてやんなきゃいけないですからね」

「じゃあ、夕飯はししゃもと一緒ね」

「そうっすね。行き道で弁当屋に寄って、何か買ってってあいつと食いますよ。ちょっとくらい構ってやらないと、あいつも寂しいだろうし」

「ホントに猫と小さな女の子には優しいんだ、伊月君は。……じゃ、お疲れさま」

「俺は、誰にだって優しいですよ！」

ムキになって言い返す伊月に片手を上げ、ミチルはさっさとエレベーターを降り、裏口から校舎を出て行った。

「……ったく。どいつもこいつも、好きなことばっかし言っててんじゃねえっての」

伊月は拳で軽く壁を殴って毒づき、疲れた身体を引きずって、筧家へのすっかり馴染みの道をとぼとぼ歩いていった……。

＊　＊

そして、地方会当日。

都筑以下、O医科大学法医学教室のメンバーは、会場である兵庫県のH医科大学にいた。口演発表をするのはミチルと伊月だけだが、共同演者として、教室全員の名前が挙げられている。地方会には、教室員が揃って参加するのが、どこの大学でも慣例となっているのだ。

ただし、峯子だけは電話や来客応対のため、留守番である。昨日、伊月に「ネコちゃんはいいよなあ、明日はひとりで優雅な一日だろ」とからかわれた峯子は、ペン立てから爪ヤスリを取って弄びながら、うふふ、とあからさまに嬉しそうな顔つきでこう言った。

「そうですにゃ。机に足乗っけて、昼ドラ見ながらマニキュア塗ったりしちゃいます。たまの楽しみなんですから、解剖で帰ってきたりしないでくださいね」

実際、峯子の呪いが効いたのか、地方会当日は、じつに平和に一日が経過した。

ミチルの発表は午前中に終わり、学会デビューの伊月の口演も、午後最初のセッションで無事終了した。本当は上がり性で手のひらに「人」の字を書き、それを飲み込んでから演壇に上がった伊月なのだが、幸か不幸か何をしていても尊大に見えてしまう質《たち》なので、誰も彼の緊張には気付かなかった。おかげで、「なかなか堂々としていてよかった」と他大学の教授たちから褒められ、都筑教授もまんざらではなさそうな顔をしていた。

そして学会の後といえば、お約束なのが「懇親会」である。発表がすべて終了し、当番大学教授の挨拶がすむと、みなゾロゾロと別棟の最上階にあるレストランに移動した。

レストランといっても、来院者や大学関係者だけが利用する、学生食堂に毛が生えた程度のものである。

室内の中央に、料理を並べた大テーブルがあり、それを取り巻くように、食器やビールを並べた小さな丸テーブルが配置されている。立食パーティのしつらえだ。

会場は、恐ろしいくらい混んでいた。参加者がほぼ全員、学会場よりずっと狭い空間に詰め込まれているのだ。いや、実際のところ、学会場で見掛けなかった顔まで、懇親会場にはちらほら見受けられる。どうやら、外で遊んでいた連中まで、こうした宴会の場には律儀に顔を出すものらしい。

「ちょっとミチルさん。息苦しくないですか、ここ」

伊月はネクタイをほんの少し緩め、身を屈めてミチルに耳打ちした。ミチルも、片手でパタパタと自分の顔を扇ぎながら、唇をひん曲げて頷く。

「人混みで暑いし……そして何よりオヤジ臭がたちこめてるわ！」

その声に、周囲にいた人々……つまりはオヤジ臭の源たちが、胡散臭そうに二人を見遣る。伊月は慌てて、ミチルの腕を肘で小突いた。

「み、ミチルさん、声でかいっすよ」

「いいじゃん別に。オヤジ密度高すぎるのよ、法医学会って。だいたい、こんな貧乏臭い宴会で、参加費五千円って酷いわ」

「それは思いますよ。教室費から出てるからいいようなものの、これ自腹だったら、俺今頃大暴れっすね」

「考えてもみて。五千円なら、ちょっと足せば、『アショカ』でいちばん高い蟹《かに》のカレー付きのコースが食べられちゃうのよ」

「うわ、あの食いきれねえ豪華カレーのコースが！　そう思うと、大枚はたいて拷問に遭ってる気分ですよ。それにしたって酸素足りねえな、この部屋」

「ホントよね。ああ、五感のすべてに不快だわ……」

「おいおい君ら。僕が言わしてるみたいやんか。やめてや」

部下コンビの暴言三昧にたまりかねたのか、背後に立っていた都筑教授がそっと窘める。ミチルは肩を竦め、チラリと舌を出して見せた。

 その時、ようやくH医大法医学教室の織田《おだ》教授が壇上に立ち、今度は懇親会用のややくだけた挨拶を始めた。

それまでざわついていたレストランが、急にしんと静かになる。ミチルと伊月も、身体ごと織田教授のほうを向いた。

いかにも地元らしく、法医学会の発展と共に来年度の阪神タイガースの優勝を祈願する挨拶で皆を沸かせ、織田教授は壇を下りた。

その後、H大学学長の長いばかりで内容のない挨拶があり、ようやく乾杯にこぎつける。

ビールで喉を潤し、グラスを置くと、皆一斉に、見事な素早さで中央のテーブルに詰め寄った。再び戻ったざわめきと、飢えた獣のような人々のがっつきように、伊月は軽い眩暈《めまい》を覚える。

「あー。何だこの学会。俺、もう帰りてえ」

心からそう嘆きつつ、テーブルにあったオレンジジュースを瓶から直接飲む伊月を見て、ミチルは笑った。

「そう言わずに、元……は取れなくても、ちょっとくらいは食べてから、トンズラしましょうよ。挨拶したい人もいるし。そうだ、帰りに何か奢ってあげるわ」

「お、ラッキー。何を？　肉？　それともインド料理？　せっかく正装してるから、フレンチでもいいっすよ！」

「ファミレスか居酒屋でいいでしょ。あんまり高望みしないで。……さて、空いてるところを探して、当面の空腹を宥めるための食料を確保しましょうか」

「アイ・サー」

うんざりした顔でだらけた敬礼の真似事をして、伊月はジュースの瓶を置いた。

ありふれたパーティ料理は、飢えた集団によって瞬く間に食い尽くされ、残っているのはヤキソバや炒飯といった炭水化物メニューや酒のつまみばかりだった。それでも皆グラスを片手に、学会でし尽くせなかった討論の続きや、情報交換、あるいはゴシップ話に花を咲かせている。

O医科大学法医学教室の面々……清田や陽一郎は、中央テーブルを挟んだ向こう側で、技術員仲間らしき人々と何やら話し込んでいた。ミチルも、いつしか伊月から離れ、どこかへ姿を消している。これといって知り合いも同期と言える人間もいない伊月は、仕方なく残った食べ物を闇雲に口の中に押し込みつつ、居心地悪そうにあちこちをウロウロしていた。

……と。

「あ、いたいた。こっち来て、伊月君」

「あ、ミチルさん。酷いじゃないですか、可愛い後輩をほったらかして。え？　どこ行くんすか？」

「いいから」

突如現れたミチルにいきなり腕を摑まれ、伊月は抗議の余地もなくどこかへ引きずっていかれる。

スーツの波を掻き分けて辿り着いた先は、蕎麦《そば》のサービスコーナーの近くだった。小さな汁物椀で供される山菜蕎麦を求めて、ここにも長い列が出来ている。

「俺、蕎麦なんか食いたくないっすよ。っていうかもう帰りた……」

伊月は不満たらたらの口ぶりで言おうとしたが、目の前に都筑教授がいるのに気づき、ハッと口を噤んだ。

都筑と談笑しているのは、やけに派手な大男である。百八十センチほどある巨体を、ポール・スミスのブラックスーツが包んでいる。スーツ自体はけっこう地味なのだが、その襟から覗くものが凄まじかった。とにかく、虹の五倍ほどの色数に染め分けられたストライプのシャツを着て、明るいオレンジ色のネクタイを締めているのだ。普通の人間が着れば不格好あるいは嫌味にしか見えない服装だが、彼に関しては堂々とした体軀に奇妙なほど似合っている。

大男は、近づいてきたミチルと伊月に気付くと、話をやめて二人のほうを見た。角張った輪郭の歌舞伎役者のような顔立ちが、伊月の記憶を呼び覚ます。

「あ。あれ、兵庫県監察医の人じゃないっすか」

伊月はミチルに小声で囁いた。

「そう、龍村泰彦《やすひこ》先生。春の法医学会総会で会ったの、覚えてるでしょ」

「忘れませんよ、あん時も派手な服着て、俺のこと胡散臭そうに見てやがった」

「こら。そんなこと言わないの。これから週に一度、あんたの師匠になる人なんだから」

「え？　何ですかそれ」

「いいから。とにかく挨拶して」

腑に落ちない顔の伊月に囁くと、ミチルは都筑と龍村の前に、伊月の身体を押し出すようにした。

「お、来た来た。これがうちの長男坊や」

そんなことを言って、ビールで少し顔を赤くした都筑は、伊月の肩を叩いた。

兵庫県監察医務室常勤監察医の龍村泰彦は、仁王像に酷似した鋭いギョロ目で、伊月をジロリと見る。その迫力に押されて、伊月は心ならずも、つい反射的に軽く頭を下げてしまった。

「い……伊月っす。ども」

そんな情けない挨拶を口の中で呟く。龍村は、大きな口を引き結んで伊月を睨んでいたが、やがてグラスを置いて言った。

「龍村だ。総会の懇親会で、一度会ったな。で、都筑先生、伏野。彼に話は？」

「これからするところよ」

ミチルはそう言って、伊月に並んで立った。伊月は、居心地悪そうに身じろぎする。

「な、何すかいったい。俺がどうかしたんですか」

「これから、どうかするのよ。都筑先生と相談したんだけど、やっぱりよそでも解剖を経験したほうが、伊月君のためになると思うのよね」

「……はあ？」

降って湧いたような話に、伊月は目が点になったまま、立ち尽くしている。ミチルの話を、都筑が引き受けてこう言った。

「ほら、僕なんか学生時代からずっとO医大やろ。あんまりよその解剖の流儀とか、よその先生との連係プレーとか、そういうの知らんのや。この歳になってから、他大学へ修業に行くっちゅうわけにもいかんしな。せやし、君にはその轍を踏まさんように、可愛い子にはちょっとだけ旅をさせようっちゅうことにしたわけや」

伊月は恐々視線をミチルから都筑、そして腕組みして自分を見ている龍村の四角い顔に滑らせた。龍村が、重々しく頷く。

「も……もしかして都筑先生、それって」

「司法解剖ばっかりやのうて、行政解剖もこなせたほうが、経験になるやろ。そやから、龍村先生に無理言うて、週に一日、君を解剖補助につけさせてもらうことにしたんや」

「げッ」

カエルの潰《つぶ》れたような声を出して、伊月は笑顔の上司二人と、仏頂面の大男をもう一度ぐるりと見回した。

「俺が……その、龍村先生の補助にですか？」

都筑はいつにもましてご機嫌の笑顔で頷く。

「うん。伊月先生もアレやろ、たまには小うるさい姉貴分から離れて、男同士スパルタでしごいてもらったほうがええやろ」

「…………」

あまりにも急な話に伊月が絶句していると、龍村は腕組みしたまま口を開いた。

「で、お前はどうなんだ。やる気はあるのか？」

伊月はそれを聞くなり、眉間に深い縦皺を刻んだ。

龍村は伊月の上司であるミチルと同期なので、確かに目上の人間ではある。しかし、医者同士であれば先輩後輩を問わず、相手のことは「先生」付きで呼ぶのが医師の世界の慣例なのだ。患者に不安を与えないためだという理由で、学生時代の臨床実習のときでさえ、「伊月先生」と呼ばれていた。

確かに、技術も知識も半人前以下である今、わざわざ「先生」とおだてられたいわけではない。だが、それにしてもいきなり「お前」はないだろう……と、伊月はあからさまにムッとした顔で龍村を睨んだ。龍村も、太い腕を組み、黙って伊月を睨め付《ねつ》ける。

「ちょっと。何だってあんたたち、そんな険悪なムードを醸してるわけ？　私は『ファイト・クラブ』を結成しろって言ってるわけじゃないのよ」

ミチルは呆れた顔でそう言い、伊月の頭と龍村の二の腕を順に小突いた。伊月は膨れっ面のままだが、年長の龍村は、いかつい顔を歪めるようにして、苦笑いした。

「ああ、すまん。どうも、今時の若者って奴はよくわからんもんでな」

「何言ってんの。そういうこと言ってると、早く老け込むわよ。だいたい、都筑先生に言わせれば、私たちみんな『今時の若いもん』なんだから」

ミチルは笑って、伊月に言った。

「三人でさっき相談したんだけど、週末は可哀相だから、金曜日はどうかしら」

断りたい気持ちでいっぱいだが、ここで逃げを打つと、上司を失望させ、龍村に軽蔑されるだろう。前者はともかく、後者は考えただけでむかっ腹が立つ。仕方なく、伊月は不承不承頷いた。

「俺はべつに、何曜日だっていいです。日曜だけは、勘弁してほしいっすけど」

「じゃあ、決まり。……可愛い弟分なの。鍛えるのはいいけど、虐めないでやってね」

ミチルの言葉に、龍村はようやく少し表情を和らげて言った。

「お前、僕を何だと思ってるんだ。手伝ってもらえるのは、こっちも助かる。せいぜい、即戦力として期待させてもらうさ」

台詞自体は友好的だが、声の響きにはありありと「お前が何の役に立つものか」という龍村の本心が表れている。伊月はムッとしつつも、都筑とミチルの手前、殊勝に頭を下げ、

「よろしくお願いします」

と挨拶をしたのだった。

だが、都筑と龍村から離れるや否や、伊月は眦《まなじり》をキリリと吊り上げた。

「ミチルさんっ！　いったい何の嫌がらせっすか。何が嬉しくて、俺があんな奴のとこへ行かなきゃいけないんです」

「あら、嫌がらせなんかじゃないわ。本気で、伊月君のことを思って決めたことよ」

ミチルは真面目な顔でそう言い、新しいグラスに、ウーロン茶を注いだ。

「俺のためって……。だいたい、俺たちは大阪府の大学で仕事してんだから、何もわざわざ兵庫県の監察に行かなくたって……」

「しッ。声が大きい。大阪の監察は、立派なところよ。症例数も多いし、出入りする監察医の先生の数も多いし、解剖助手の人も十分にいるの」

「快適じゃないですか」

「だから駄目なのよ。それじゃ、うちの大学で解剖するのと、たいして変わらないでしょう。それにみんな忙しくて、伊月君にあれこれ教えてくれる余裕なんかないわ」

「じ……じゃあ、兵庫県監察医務室は、そうじゃないってんですか？」

「そうね。残念だけど、兵庫県監察医務室は、大阪や東京に比べると、断然規模が小さいの。設備も十分とは言えないし、人も少ないし。……言い換えれば、すべてを監察医がやらなきゃならないから、いろんなことが経験できるわ。それはとても大事なことよ」

「そ……そりゃそうですけど、でもそれなら、ミチルさんでもいいじゃないですか。ミチルさんだって、時々監察医の当番に行ってるでしょう。そのとき俺を連れてってくれりゃ……」

「駄目。私、自分が甘いお姉さんだってことは自覚してるの。私と一緒じゃ、それこそ大学にいるのと変わらないことになってしまうわ。たぶん、あんたに必要なのは、もっと厳しい『師匠』よ」

ミチルは、まだ都筑と何やら話し込んでいる龍村の姿をチラリと見て言った。

「H医大の織田教授と、都筑先生が仲良しなのは知ってるでしょう。龍村君は、元はH医大出身なの。それに、私とも同期で仲良しだし。あんたを預けるには、最高に信頼できる人だと思う」

「あれが？　信頼できる？　さっきのあいつの顔、ミチルさんも見たでしょ。頼まれたから渋々預かってやるけど、お前なんか絶対使えねえって顔してた！」

伊月は憤懣やるかたない顔でそう言ったが、ミチルはあっさりと「そうでしょうね」と肩を竦めた。

「そうでしょうねって……」

「うちの解剖室で少しくらい解剖ができたって、ちっとも使い物にならないってこと。今いくら言っても、あんたにはわかんないでしょうけど。龍村君も、それを言いたいだけよ」

伊月は、ミチルの言葉の意味がわからず、ただ訝しげに顔を顰めるばかりである。

ミチルは、グラスのウーロン茶を飲み干すと、伊月の額を指先で突っついた。

「とにかく。たいしたことじゃないわ。行ってみれば、何もかもわかるし、きっと龍村君とも上手くいく。大丈夫よ、二人とも私のお気に入りなんだから」

「……そうですかねえ」

「そうよ。行けば納得するわ」

やけに自信ありげなミチルの顔を見ながら、伊月は憂鬱な溜め息をついた……。

間奏　飯食う人々　その四

その夜、ＡＷにログインした伊月は、宿屋の前のベンチでブルーズを見つけ、思わずあっと小さな声をあげた。

彼女の姿を見るのはしばらくぶりで、彼女は誰か他のドールと喋っていた。どうやら、相手は伊月と同じような新米プレイヤーらしい。野生馬の調教方法を、ブルーズに懇切丁寧に教わったその男性ドールは、何度も礼を言って立ち去っていった。

それと入れ替わりに歩み寄ったスカーに、ブルーズは立ち上がって優雅な礼をし、こう言った。

『こんばんは、スカー』

『おう。こんばんは』

ブルーズはベンチに再び腰掛けたが、スカーは座らなかった。ただ、ブルーズの前に突っ立っている。

『どうしたの？　どっか行く予定でもあるの？　もう落ちる？』

そう問われて、伊月はちょっと躊躇ったが、すぐにメッセージを返した。

『いや……ちょっと、また森にでも行かないか？　べつに森じゃなくてもいいけど、人がいないとこへ』

『何（笑）？　デートのお誘い？』

『……まあ、そういうことでいいからさ』

『いいよ』

ブルーズは立ち上がった。そこで二人は、連れ立って例の森へ行った。だがその夜は、狩りをしたいプレイヤーが多かったらしく、森はあまり静かな場所ではなかった。戸惑う伊月に、ブルーズはこう言った。

『もう少し奥に行こう。友達の家があるんだ。その子、夜はプレイしないから、誰もいないはずだし』

ブルーズがスカーを連れていったのは、深い森の奥にある小さなログキャビンだった。

『ここが……プレイヤーが買える家か？』

『そうだよ。入って』

先に小屋に入ったブルーズに、スカーも続く。小屋の中は、可愛らしくデコレーションされていた。小さな部屋の中央には木のテーブルがあり、その上に花瓶が飾られている。部屋の壁には、大きな絵が掛けられていた。

『こういうインテリアは……』

『プレイヤーが作ったり、店で買ったりできるの。この家の持ち主は女の子らしいから、可愛いけど……鎧とか剝製とか死体からとった骨とか飾ってる家もあるよ』

『へえ……。奥が深いゲームだなあ』

二人はテーブルに向かい合って座った。ブルーズは、何やら不思議な呪文を唱えた。途端に、テーブルの上に、ケーキや豚の丸焼きやワインボトルやパンといった食べ物が、ずらりと並ぶ。

「うわっ、何だこりゃ。飯まで出るのかよ」

伊月は目を剝く。ブルーズは言った。

『ドールだってお腹が空くし、そうなるとパワーが落ちるの。だから、たくさん召し上がれ』

『食えって……どうやって』

『食べ物をダブルクリックすればいいの』

『へえ。……じゃ、遠慮なくいただきます』

伊月はマウスを操作して、手始めに巨大な豚の丸焼きを二度クリックしてみた。途端に、「ムシャムシャ」という何とも言えない効果音がして、丸焼きは綺麗サッパリ消え去ってしまう。見れば、スカーのステータスを示すウインドウの、パワーが少しアップしていた。さすがにゲームキャラが食べ物を食べたからといって自分の空腹が満たされるわけでも味が感じられるわけでもないのだが、それでも肉だパンだといろいろな食べ物が自分のドールの前にあるだけで、豊かな気分になるから不思議だ。

大きくて白いケーキを食べながら、ブルーズは訊ねてきた。

『それで？　誰もいないところで、何の話をするの？』

『いや……あらたまってってのも何だけどさ、こないだあんたが言ってた話』

『……ああ。ゴメンね、あの時はなんかグチっちゃって。感じ悪かったよね』

『いや……それはいいんだけど、あの後会えなかったろ？　何かあったのかと思ってさ』

『心配してくれてたんだ？』

『そりゃ……まあ、ちょっとはな。だってあんな話聞いてりゃ……。なあ、マジなんだろ、あの話』

返答はすぐにあった。

『マジだよ！』

かえって伊月のほうが面食らってしまい、メッセージを打つ手が一瞬止まるほど、それはキッパリした答えだった。伊月は、一つ大きな息を吐いてから、思い切って問いを打ち込んでみた。

『その、お母さんの恋人に、こないだの落ち際も呼ばれてたろ？　大丈夫だったのか？』

『ん……それがね』

長い文章でも打っているのか、ブルーズは沈黙する。伊月は素早く階下に降りて、台所へ行った。

一階の和室で叔父夫婦が寝ているので、大きな物音を立てないように注意しつつ、コーラの缶と目についた菓子パンを持って部屋に戻る。

急いで机の上に置いたパソコンの画面を見ると、ちょうどブルーズのメッセージが表示されているところだった。

『それがね。あれからママの彼氏、部屋に入ってきて、どうして呼んだらすぐ来ないんだ、未来のお父さんを尊敬しろって怒鳴って……マウス引き抜いて、踏んで壊しちやったんだ』

　伊月は、袋からガサガサとカレーパンを出してくわえたまま、両手をキーボードに走らせた。

『それで、あれからゲームに入れなかったのかよ』

『そう。ママにマウスが壊れたって話して、お願いして、やっとお金もらって今日の放課後、買ってきたの』

「おいおい。淡々と言ってんなよ……」

『今日は、その男いるのか？』

『ううん。今日は来てない。仕事入ったんじゃないかな』

　おそらくは叔母が近くのベーカリーで買ってきたのであろうカレーパンは、少しスパイスが効き過ぎていた。伊月は、からさに気管を刺激されて小さく咳き込みながら、素早く文字を入力した。

『お母さんにはちゃんと説明したのか、マウスが壊れた理由』

『してない。自分で踏んだって言った』

『何でしないんだよ。お母さんは、実の母親だろ？　ちゃんと説明すりゃ、あんたがどんな目に遭ってるか、理解してくれるはずじゃないか』

『そんなこと、できないよ』

『だから、何でだよ。こないだあんたが言ったアレって、立派な家庭内暴力なんだぜ？』

返事はなかった。伊月がカレーパンを食べ終わり、しばらくただ待ってみても、彼女はただじっと椅子に腰掛けていた。

「やべ……言い過ぎたか……」

何とフォローの言葉を入力しようと思いあぐねていると、ようやくブルーズはメッセージを寄越した。

『いろいろあるんだ』

何がだよ、とすぐさま訊き返したい気持ちをグッと抑え、伊月は言葉を選んで質問した。

『いろいろあるんだろうなとは思うよ。あのさ、無理して話さなくていい。あんたが話したいと思うときだけ、俺に何でも言えよ。あんたがどこにいるか知らないし、俺なんか何の力にもなれないかもだけどさ。話しただけで楽になるってあるんじゃないかと思って』

『ありがと。スカーは優しいね。お医者さんだから？』

『違わあ。医者はサディストが多いんだぜ。自分は恐がりの癖に、他人の痛がるのはワクワクするって奴、いっぱいいるんだ』

『やだ、ヘンタイっぽい。……ヘンタイって言えばさ。ママの彼氏、ちょっと二重人格っていうのかな。そんな感じなの』

『二重人格？　小学生が難しい言葉知ってるな。それもネットか？』

『そんなの、テレビのサスペンスドラマ見てたら、嫌ほど出てくるじゃん。ねえ、ホントにあるの？　二重人格って』

伊月は立ち上がり、本棚から学生時代愛用していた『精神神経科』という参考書を取り出し、パラパラとページをめくってみた。「二重人格」の項目に、素早く目を通す。

『あるようなないようなって感じみたいだぜ？　俺は専門じゃないからハッキリ答えられないけど、確実にあるとは認められてないみたいだな』

『へえ。ねえ、スカーの専門って、じゃあ、何？』

さりげなく問われ、何の気なしに答えそうになって、伊月はハッと我に返った。覚やミチルに釘を差されていることを思い出す。

『俺の専門なんかどうでもいいから、その二重人格の話を続けろって』

『ちぇ、ケチ！』

そう言いつつも、ブルーズはやけに淡々と母親の恋人の行動について語った。それを読んだ伊月の顔色が変わる。

「……これって……まさか」

ブルーズはこう言ったのだ。自分が母親に恋人の暴力について言わないのは、一度それを訴えたとき、本当かと問いつめる母親に、恋人はキョトンとした顔をして、「知らない」と答えたからだと。そのせいで、彼女は母親に「恋人が気に入らないから悪く言う」のだと誤解され、酷くつらい思いをした。そして実際、母親の恋人は、自分を殴ったことを本当に記憶していないらしいのだ、とブルーズは言った。

『変だけど、いつもはおとなしい人なの。ほら、ママより年下だし、ママが半分面倒みてるようなもんだし』

『ふだんは、あんたにも暴力振るったり、酷いこと言ったりしないのか？』

『うん、しない。別に可愛がってくれるとかじゃ全然ないけど、相手にしないっていうか。……でも、私と二人だけのときに、ちょっとね。だけど寝て起きたら、私を殴ったりしたこと、覚えてないみたいなんだ。ウソとかとぼけてるとかじゃなくて』

『それさ。その、あんたのこと殴るの、もしかして、酒飲んでる時じゃないか？』

また、沈黙が訪れた。だが伊月は、ある確信を持って、ブルーズの返答を待っていた。やがて、文字でも長い沈黙を伴った答えがドールの頭上に浮かぶ。

『……どうしてわかったの？』

「やっぱりか……」

満足と心配が入り交じった複雑な表情を浮かべ、伊月は呟いた。キーを叩く手に、思わず力がこもる。

『酒飲んだら、性格が変わる。それを二重人格って言ったのか、あんた』

『うん。あのね、あの人、ママの前では絶対飲まないんだ。ほら、ママは夜に……そういうお店で働いてるから』

『から？』

『酔っぱらいはお店でもううんざりだって口癖みたいに言うの。だからあの人、ママにはお酒飲まないって言ってるんだって』

『それで、お母さんが仕事に出かけて、あんたと二人だけの時に飲むのか』

『そ。でもちょっとだけなんだよ。缶チューハイ一つだけとか買ってきて、飲んで……そしたら何か急にこわい人になって、私に怒鳴ったり、時々は殴ったりするの』

『それは……』

『でもね、それが終わったらぐっすり寝て、起きたらまた普通なの。お酒の缶どっかに隠して、仕事から帰ってきたママの肩揉んであげたりしてる。だから……』

『だから？　どうしてお母さんにそのことを言わないいんだよ、あんた』

『だって……。ママ、今までみたことないくらい幸せそうなんだもん。ラブラブっての？　ママの前で飲まないのは、ママのこと好きだからでしょ、大事だからでしょ。だから、それを台無しにしたくないもん』

伊月は思わず、親指の爪を噛んだ。

(病的酩酊。この前の解剖と同じパターンじゃねえか。普段はおとなしいけど、酒を飲んだら人が変わる。暴力的になって、しかも酔いから醒めたら、それを覚えていない……。まったく同じだ)

伊月の脳裏に甦ったのは、全身を殴打され、血だらけになっていた哀れな父親の遺体だった。自覚もなしに、実の父親をあそこまで傷つけ、死に至らしめてしまった息子……会ったことはないが、今の彼の苦悩を思うと、伊月は背中に冷たいものが走った。今や彼は、ブルーズの言葉を疑いはしなかった。作り話にしては、あまりにもリアルすぎたからだ。

『なあ。それヤバいよ。病気なんだ。酒飲むと、勝手にそうなっちまう病気なんだ。

あんたが好きとか嫌いとか、そういうのは関係ないんだ』

伊月はしばらく考え、とにかくそれだけ彼女に伝えようとした。小学生相手に、「病的酩酊」などという、ついこのあいだまで自分ですら知らなかった専門用語を教えても、理解できないだろう。そう思ったからだ。

『そう……なの？』

『ああ。実際、普段は全然普通なのに、酒を飲むなりあんたに暴力振るうわけだろ』

『うん。でも』

『自分さえ黙ってりゃ上手くいくとか思ってるなら、それは違う。絶対違うんだ。そいつ、酒飲んだときに近くにいる奴には、誰だって殴りかかるんだよ。あんただけを殴るんじゃない』

『そう……なの……？』

伊月が何とかブルーズを易しい言葉で説き伏せようとしたとき、アクシデントが起こった。突然、画面に「コネクション・ロストです」という表示が現れたかと思うと、ゲームが彼の意志に反して終了してしまったのだ。

「クソ！　何でこんなときに……」

見れば、インターネットの接続が切れている。伊月はすぐさま接続し直そうとしたが、ゲームサーバーのトラブルか、何度トライしてもそれは叶わなかった。

「畜生……」

伊月は、机を叩き、歯がみした。筧やミチルが見ていたら、「熱くなるな」と窘められたことだろう。それでも伊月には、ブルーズのことを案じる自分の気持ちを抑えることができなかった。

同じ空の下のどこかに、インターネットという目に見えない細い糸のようなもので、自分と結びつけられた少女がいる。その少女の手が、自分のほうに差し伸べられている。

そんな思いに胸が騒いで、その夜、伊月はとうとう眠れなかった……。

五章　近づいても遠くで

そして、翌週の金曜日の朝。伊月はO医大ではなく、兵庫県のK大学医学部にいた。そう、今日がミチル言うところの「修業の日」初日なのである。

先週学会で出会った龍村の態度を思えば、伊月の足取りが軽いはずもなかったが、それでも一応大人の自覚はある。行きたくないと駄々をこねるわけにも敵前逃亡するわけにもいかず、ついにここまで来てしまったのだ。

ミチルが教えてくれたとおり、監察医務室は、古い研究棟の一階、廊下突き当たりにあった。一階といっても実は半地下の、お世辞にも明るいとはいえない場所である。

「お……邪魔、します」

伊月はノックしてから、おずおずと扉を開けた。扉の向こうは、意外にもきちんと片づいたそこそこ広い部屋になっていた。事務机が四つ固めて置かれ、それぞれに椅子が備えられている。そして、扉と机の間には、細長いカウンターテーブルがあった。

「どちら様？　遺族の方やったら控え室が別に……」

てっきり龍村ひとりがいると思っていたその部屋にいたのは、初老の女性だった。老眼鏡越しに、やや警戒の眼差しで伊月を見ている。伊月は慌てて自己紹介した。

「えっと……あの、おはようございます。O医大法医学から来た伊月です。……その、今日から週一回、ここでお世話に……」

それを聞いて、女性はようやく合点がいったようだった。

「ああ！　聞いてますわ。私、事務員の田中《たなか》と言います。いやあ、伊月先生て、えらい若い先生やったんやねえ。龍村先生、龍村先生、伊月先生来られましたよ」

女性……事務員の田中は、よっこらしょと重い腰を上げ、伊月を手招きしながら奥の部屋に入っていった。どうやら、そちらが監察医の部屋になっているらしい。やや気後れしつつ、伊月は彼女の後に付いていった。

窓からの目隠し代わりの事務用の本棚を通り抜けると、奥にはソファーセットとテレビが置いてあった。壁沿いには、ズラリとスチールの書類棚が備え付けられている。

「遅い。九時半から解剖を始めると言ったはずだ。九時には来ておくものだぞ」

ソファーに座っていた龍村は、伊月の姿を見ると、ニコリともせずそう言った。今日は学会の時のような派手なスーツではなく、緑色の洗い晒《ざら》された術衣を着こんでいる。もうすっかり、仕事にかかる準備が出来上がったという風体だ。

「……すんません」

挨拶抜きの先制パンチに、伊月はさっそくむくれた顔で、謝罪感情ゼロの詫びの言葉を口にした。

「今、お二人にコーヒー淹れますわね。伊月先生も座って」

田中に背中を押され、伊月はソファーに腰を下ろそうとした。だがその寸前に、龍村はボソリと言った。

「とっとと着替えろ。もう、三件解剖が入ってる。午前中はそれで手一杯だぜ。ロッカーは、左端が空いてる」

「あ……はい」

相変わらずの無愛想な物言いにムッとしつつも、昨日の帰り際、

「監察では龍村君があんたの師匠なんだからね。自分からつっかかるんじゃないわよ」

とミチルに釘を差されている。伊月は素直に頷き、着替え始めた。

モスグリーンの革ジャンを脱ぎ、蜘蛛《くも》の巣模様のセーターを脱ぎ捨て、スリムジーンズを足から引き抜いて、持参のケーシーに着替える。

それを見るともなしに見ていた龍村は、小馬鹿にしたような口調で言った。

「やれやれ、法医学者じゃなくモデルにでもなったほうがよかったんじゃないか。そんなに痩せっぽちで、一日じゅう解剖をやり続けられるとは思えんな」

「……大丈夫っすよ」

伊月は爆発寸前の顔で、しかしおとなしくソファーに腰掛け、髪を後ろで一つに結んだ。

「あれあれ、龍村先生はえらい朝からやる気ですねえ。あんまり若い先生しごきすぎたら、次から来てくれはらへんようになりますよ」

二人の雰囲気の険悪さを感じ取ったのか、田中は絶妙のタイミングで二人にコーヒーを出した。どうやら、この「お母《か》ん」を絵に描いたような女性には、さすがの龍村も頭が上がらないらしい。短く刈り込んだ髪を片手で撫で、苦笑いした。

「心配しなくてもいいですよ。O医大からの、大事な預かりもんだ。ちゃんと面倒はみます」

「そうしてあげてくださいよ。貴重な戦力なんだから。ねえ、伊月先生。末永く、ここに出入りしてほしいですわ」

田中はニコニコ笑いながら、「気にしないでいいのよ」というふうに、こっそり片目をつぶってみせる。初対面なのに相手をくつろがせてくれるこの女性の存在を有り難く思いつつ、伊月はようやく少し、肩の力を抜いたのだった。

コーヒーを飲みながら、龍村は今入っている三件の事例について、警察から送られてきた書類に目を通した。伊月も、龍村がチェックしたあとの書類を見せてもらう。それぞれ所轄の警察がＦＡＸしてくるその書類には、これから解剖される人の身元と、その遺体の発見状況、測定している場合には直腸温、発見時の死体の所見、生前の病歴などが記載されている。

書類から推測する限り、病死疑いのものばかりだった。年齢は様々だが、どのケースも誰にも死に目を看取られず、「見つけたときは死んでいた」というパターンである。

（なるほど……うちの教室でやる司法解剖と、やっぱ違うなあ、行政解剖は）

伊月は、何やら新鮮なものを見るような気分で、書類を眺めた。

司法解剖とは、医師がその人の死に際して立ち会っておらず、死因がわからないという異状死体の中でも、犯罪が関係している可能性があるものについて行われる解剖である。それに対して、監察医務室で行われる解剖は行政解剖と呼ばれるものであり、同じ異状死体の中でも、犯罪に関係がないと思われる事例を対象としている。それ故、伊月が今から経験しようとしている症例はすべて、これまで彼が見てきた症例に比べると、何やら捉えようがない茫洋としたもののような印象があった。

伊月が少し戸惑っているうちに、龍村はコーヒーを飲み干し、すっと立ち上がった。伊月も慌てて書類片手に腰を上げる。

田中に「頑張ってらっしゃい」と送り出され、二人は監察医務室を出た。

解剖室は、別の棟の一階にあった。「関係者以外立ち入り禁止」という扉を開けると、ストレッチャーが置かれた通路が延びており、右手に標本室が、左手に解剖室がある。

「ここで上っ張りを羽織って、靴を履き替えるんだ」

龍村はそう言って、解剖室に隣接した準備室の扉を開けた。壁には、術衣の上に羽織る手術着とゴム引きの上っ張りがズラリと掛けられている。龍村は、ミチルの上っ張りを手に取ると、伊月に差し出した。

「今、フックが全部塞がってな、新しいのを下ろしてやれない。伏野のを使え。長靴は、そこに学生用のがある」

「あー……はい」

伊月は、言われるがままに装備を整え、解剖室に入った。O医大の解剖室の倍以上広い解剖室には、縦に二台、解剖台が並んでいる。手前側の解剖台に、警察官がちょうど運んできた遺体をストレッチャーから乗せ換えているところだった。

「解剖台、二台もあるんだ」

感心している伊月に、龍村は手術用手袋と綿手袋を差し出した。意外にそういうことには親切さを持ち合わせているらしい。

「うちの監察は、Ｋ大学に間借りしてるからな。ここも、向こう半分はＫ大学法医学教室の解剖台だ。司法解剖が入ったら、ここは人でごった返すさ」

「へえ……」

伊月は、今はガランとした解剖室を見回した。遺体を搬送してきた警察官は、龍村と一言二言会話すると、そのまま解剖室を出て行った。室内には、龍村と伊月だけが残される。

「さて、始めるか。ぼんやりしている暇はないぞ。書類にはしっかり目を通したな？　お前の頭に、どれほどの情報が入っているか、簡単に言ってみろ」

龍村は、濡らした綿手袋を手術用手袋の上から嵌めつつ言った。まるで実習に来た学生に対するような龍村の態度に、伊月は腹立ちと緊張を感じつつも素直に答えた。

「ええと、この人は七十七歳、ひとり暮らしの女性で、昨夜八時、台所で倒れているのを訪ねてきた娘が発見。すでに死亡しており、全身に強直《きょうちょく》を来《きた》していた。警察到着時、直腸温は室温に同じ。……でしたっけ。確か、高血圧をかなり以前に指摘されているも未治療、そのほかは特記すべきことなし」

「そうだ。意外にしっかり読み込んでるじゃないか。脳みそは詰まっているようだな」

少し見直したというように龍村は眉を上げ、そして遺体の右側に立った。伊月はその向かいに立ちつつ、戸惑ったように辺りを見回した。

「あのう……。他の人は？」

「他の人？　他に誰がいるというんだ」

「いや、だってシュライバーとか、助手の人とか……」

「助手はお前だろう。何を言ってる。シュライバーなんて贅沢なものは、ここにはないぞ」

何を馬鹿なことを、と言いたげに龍村は鼻で笑い、遺体に向かって一礼した。伊月も慌てて頭を下げてから、困惑の表情で問いを重ねた。

「じ、じゃあ、所見とかどうすんですか」

「記憶しろ」

こともなげに言って、龍村は壁に掛けられたホワイトボードを顎で指した。

「臓器の重量や、正確な数値が必要なものだけは、ボードに書いておけばいい。あとは記憶して、医務室に帰ってすぐに用紙に書き込むんだ」

「げっ。……臓器のサイズとかもっすか？」

「当然だ。たかだか一時間ほど記憶を留めておけないような貧弱な脳みそしか持ち合わせていないのなら、医者なんぞ辞めてしまえ」

冷淡に吐き捨てて、龍村はさっさと遺体の検案に取りかかる。遺体の前で売られた喧嘩を買うわけにもいかず、伊月は唇を嚙み、壁際に立てかけられた身長測定器をひっ摑んだ……。

＊　＊

その日の夜、午後八時過ぎ……。

「……ふう」

T署の新米刑事、筧兼継は、自分のデスクで大きな溜め息をつき、ボールペンを置いた。

昼間は小さな事件の処理に追い回され、結局、それぞれの事件について書類を作成するのは、とっぷり日が暮れてからになってしまう。配属当初に比べれば随分仕事が早くなったとはいえ、どれほど手際よく片づけようとしても、お役所の書類というのは煩雑なものなのだ。

　ふと漂ってくる魅惑的な匂いに振り向けば、当直の先輩刑事たちが、部屋の隅にあるソファーで出前のラーメンを啜っている。出動がかからないうちに、腹を満たしておこうという魂胆だろう。

「腹減ったなあ。ししゃもも、腹減らして怒ってるかもしれへん」

　ぎゅるる、と情けない悲鳴を上げる腹を片手で押さえ、筧は呟いた。

　いつも猫に餌をやりに寄ってくれる伊月が、今日は兵庫県監察医務室へ行ってしまっている。どうしても自分が早く帰ってやらなくては、と思っていたのに、結局こんな時刻になってしまった。

「はよ帰ろ」

　本当はあと一つ二つ片づけなくてはならない仕事があるのだが、とりあえずそれらは後回しにして、今日は家庭を優先しよう。そう決めて、筧は机の上を片づけようとした。……と。机の片隅に置いてあったスマートホンが、虫の羽音のような低い音を響かせて振動し始めた。筧は慌ててそれを手に取った。見れば、かけてきたのは出張中のはずの伊月だ。筧はスマートホンを耳に当て、小声で応答した。

「もしもし、タカちゃん？」

「おう」

スマートホン越しにも、伊月が酷く不機嫌なのが筧にはわかった。自然と、問いかける口調が低くなる。

「どないしたん？」

「仕事終わったか？」

「ああ、うん。今終わるとこやけど」

「飲みに行こうぜ」

伊月の珍しい申し出に、スマートホンを持ったまま廊下に出た筧は、驚きの目を見張った。

「飲みにて……タカちゃんがそないなこと言うんは珍しいなあ。飯食いに、やったらわかるけど。それに、今日はK市へ行ってるん違ったん」

「うん。まだK市だけどさ。これからそっち行くから、飲み行こうぜ。今日は、誰が何つっても飲む。飲まなきゃ寝られねえ」

どうやら監察医務室で、よほど嫌なことがあったらしい。筧は困惑しつつも、とりあえず伊月の話を聞いてやることにした。

「何や穏やかやないなあ。わかった。けど僕、いったん家帰って、ししゃもに晩飯やらんと。……うち来るか？　それとも、どっか外で飲む？」

「今日は店で飲みたい、俺。『オールズ』で待ち合わせでいいか？」

筧が承知すると、伊月はブチッと容赦なく電話を切ってしまった。よほどカリカリしているらしいと、筧は一本気な眉を曇らせ、刑事部屋に戻る。

「はー、タカちゃん繊細やからな。ししゃもに餌やって、部屋の掃除しようと思てたんけど、掃除は諦めるか」

力無く独り言を言いながら、筧は広い背中を心なしか丸くして、帰り支度を始めた。


それから一時間後。

待ち合わせの駅近くの居酒屋「オールズ」でビールを飲みながら待っていた筧は、近づいてくる人の気配に顔を上げた。

「よう」

待ち人来る、の伊月であった。伊月は乱暴に椅子を引き、筧と向かい合ってどすんと腰を下ろした。ふっと鼻を掠める腐臭と血の臭いには言及せず、筧は伊月を労った。

「お疲れさん。今日は兵庫の監察で解剖やったんやろ。何飲む？　あ、飯まだやろ？

僕もやねん。何か食べようや」

「ん……食い物はお前に任せるわ。飲み物はいつもの奴」

伊月は、鬱陶しそうに革ジャンを脱ぎ、椅子の背に掛けながら投げやりに言った。

「はいはい。食い物考える頭もないくらい、くたびれてしもたんか」

「すげえ疲れた。もう全身泥みたいだ」

「そら大変やったたな」

筧は苦笑いしつつも、店員を呼び止め、伊月のためにオレンジブラッサムと、それから六、七品の料理を注文した。

飲み物が運ばれてくるまで、伊月はむっつりと黙りこくって何も言わなかった。そして、男が飲むには可愛らしすぎるオレンジ色のカクテルが運ばれてくるなり、乾杯もせずに、一気に半分ほども飲み干し、そこでようやく大きく息を吐いた。筧は、そんな伊月に心配そうに声を掛ける。

「どないしたんや、タカちゃん。K市でそんなに嫌なことがあったんか」

「嫌なこと？　ああそうだよ。まる一日、嫌なことずくめだ、あのぬりかべ野郎」

「ぬりかべ野郎て……誰のことなん」

「龍村先生だよ。ミチルさんの同期のくせに、すげえ偉そうにあれこれ言う奴でさ。

ちょっとガタイがいいからって、全身で俺を威圧すんなってんだ。声だって馬鹿みたいにでかくてよく通るからって、魚屋の親方みたいに俺を怒鳴りやがって。だいたい、初めての場所でそんなキビキビ動けっかよ」

口汚く罵《ののし》るときも、つい「先生」呼ばわりしてしまうあたり、変なところで礼儀正しい伊月である。筧は、不思議そうに首を傾げた。

「龍村先生て、法医のドクターなん？　監察で、タカちゃんが世話になっとる先生？」

「ああ。兵庫県監察医務室の常勤医だ。ミチルさん言うところの、兵庫の俺の『師匠』だってんだけどさ。ホント嫌な奴なんだ」

「何がそんなに嫌なんや」

運ばれてきた野菜スティックにマヨネーズをつけて口に運びながら、筧はあくまで穏やかに訊ねる。ここのところずっと、顔を見ればまずししゃものことを口にしていた伊月なのに、今日は猫のことなど思いつきもしないほど、頭に血が上っているらしい。これはまず話を聞いてやらなくてはどうしようもない、と筧は判断したのだ。

伊月は、ボリボリと兎のように人参を囓りながら答えた。

「何から何までさ。俺のこと、まるで医者扱いしてくれねえんだ。学生と一緒、いやそれ以下だな。下僕みたいに命令されて、やることとなすこと全部とろい下手だもっと頭を使えって文句言われてさ」

「はは、相当絞られたみたいやな。けど、僕なんか今かてそうやで。上司に一人前扱いしてもらえるまでには、十年くらいかかりそうや」

筧は屈託なく笑ってそう言った。伊月は、そんな親友の笑顔に、顰めっ面を向けた。

「何でお前は、楽しそうにそういうことが言えるんだかなあ。悔しいとかムカツクとかないのかよ」

筧は、旺盛な食欲の求めるままに、こんもり山になった唐揚げを、吹いて冷まして頬張った。

「そんなん、僕かてあんまり叱られたら凹むけど……せやけど、落ち着いて考えたら、全部ホンマのことやろ。いや、タカちゃんは違うかもしれへんけど、僕はそうやねん。せやから、怒ってくれてありがたい、て思うことにしてる。上司と喧嘩しても、何ひとつええことなんかあらへんしな、警察では」

伊月は、悔しそうに小さく舌打ちする。

「ちぇっ。自分だけいい子になりやがって」

「あはは、堪忍。せやかて僕、小さい頃から体がでかくて要らんとこで目立つくせに、動作が鈍くて、いろんな人に怒られどおしやったからなあ。慣れてんねん。タカちゃんは、大事に育てられたし、何でも上手いことできたし、頭ごなしに叱られるのに慣れてへんだけや」

「じゃあ、そのうち慣れるってのかよ」

「毎週一回、その先生んとこに行くんやろ？　そら慣れるわ。……それに、タカちゃんは何だかんだ言うて真面目やもん。叱られて腹立てとっただけやないんやろ、今日かて」

「ん……」

それを聞いて、伊月の顔から怒りの色が少しずつ退いていく。筧は、もぐもぐと口を動かしながら、促すように伊月を見た。

「確かにお前の言うとおり、今日一日で、わかったこともいっぱいあったけどな。ほら、お前はうちの解剖室知ってんだろ。古いけどどこもかしこもぴっかぴかに磨き込んであってさ」

「うん。それが？」

伊月は、常の彼らしくもなく速いピッチで酒を飲みながら言った。

「俺はさ、それが普通だと思ってたわけ。でも監察で過ごしてみてさ、俺、気がついたんだ。ミチルさんや都筑先生が俺を外に出したのは、そうじゃないってことを教えるためだったんじゃねえかなって」

「監察医務室の解剖室は、タカちゃんの大学みたいやなかったんか？」

「うーん、いや、誤解すんなよ。監察の解剖室に不備はねえ。ちゃんとしたとこだ。ただ、よそへ行って初めて、自分のところがどんなかわかる、ってことがあるだろ。……そうか、うちの解剖室がいつだって気持ちよく使えるようになってんのは、森君や清田さんのおかげなんだな、ってしみじみ思ったわけだ。そりゃ、俺たちだって解剖が終わってから、掃除くらいはするさ。けど、その後あの二人がもう一度、部屋じゅうのものを拭いて片づけて、器具のチェックをして……そうしてくれるから、次の時も、解剖室が居心地よくなってる。そのことを、俺は当たり前に思ってたんだなって気がついた」

「向こうは違うんか？」

「まあ、もうすぐ解剖助手が導入されるらしいけど、今はドクターと、所轄のお巡りがいるかいないか、そんな感じなんだよ。だから、すべてにおいて手が足りなくて、掃除も片づけも全部自分たちでやらなきゃいけないんだ。……考えてみりゃ、それが当然なんだけどさ。自分で出したものは自分で片づけなさいって、ガキの頃に幼稚園の先生に言われたもんな」

伊月はクスリと笑って、飲み物のお代わりを手振りで頼む。筧は、伊月が少し落ち着いてきたらしいのにホッとしつつ、ただ頷いた。

「そういうことはすげえ勉強になったっていうか、自分が恵まれた環境にいたことがわかった。甘やかされてたってこともな。……たとえばほら、解剖にしてもさ。これまでは都筑先生とかミチルさんにあれこれ教えてもらって、できないことは清田さんが手伝ってくれてさ。俺、真面目にやってきたつもりだったけど、ホントに死に物狂いで頭使ったことがなかったような気がするんだ」

「今日は使ったんや?」

「おう、もうフル回転だぜ。だって龍村先生、『やってみろ』って言うだけで、何も教えてくれないんだ。けど、解剖でヘマやったら、物凄い勢いで、手を払いのけられてさ。で、解剖終わったら今度は検案書書かせて、ちらっと見た次の瞬間、ビリッと真っ二つだ。何事もなかったみたいに、自分で文句のつけようもないパーフェクトな検案書書き上げちまうんだよ。腹立つったらねえよな」

「ははは、手厳しいなあ。それから?」

「それから所見だって、大学なら好き放題言いっ放しにしても、森君が上手くまとめて書きとめてくれて……。その、タオルとかも、汚くなったらぽいっと渡せば、お前ら警察の人が、綺麗に洗って絞って渡してくれるじゃん。最初からそうだったから、そういうもんだと思ってたけど……俺、これまで滅茶苦茶楽させてもらってたんだって、骨身に沁みてわかったよ」

伊月は、オレンジブラッサムのお代わりと一緒に運んでこられたオムレツを、ざくざくと二等分しながら言った。

「監察じゃ、ほとんどのことを医者がひとりでやらなきゃいけねえんだ。まあ、余裕があるときは、警察の人も写真撮影とかの手伝いはしてくれるんだけどさ。そうじゃなきゃ、その日の当番医が、何もかもやるんだよ。今日だって、俺がいるから二人だけど、普段は龍村先生がひとりで全部やってんだよな。……すげえよ、今日は一日六体だったけど、十体超える日もあるんだってさ」

「十体!?　六体でも、僕、今、滅茶苦茶吃驚してるんやけど」

筧は目を丸くする。伊月は、意外な几帳面さできっちり半分に分割したオムレツをそれぞれの小皿に取り分けつつ、頷いた。

「俺にとっても、ミラクルな件数だったさ、勿論。凄かったよ。遺体を台に乗せて、検案して必要なら解剖して、終わったら縫合して綺麗にして、また次の解剖の準備して……。黙々とやるんだもんな」

「それ、よっぽど手際ようないとしんどいなあ」

「ああ。実際、すげえ速いんだ。雑なんじゃなくて、速いんだよ」

早くも半ば酔いの回った赤い顔で、それでも医者の目をして伊月は呟いた。

「何てーか、作業の一つ一つが神業みたいなんだ。臓器の摘出も、その処理も、縫合も、何もかも。やり方も、俺が教わったうちの教室の方法とはちょっと違ってたりしてさ。で、所見も紙に書くんじゃなくて、自分の頭にたたき込めって言われた。そのくらい記憶できなくてどうするって」

「そら……大変やなあ」

半熟のオムレツを口いっぱいに頬張り、不明瞭な口調で筧は相槌を打つ。伊月は熱っぽく語った。

「そうなんだよ。……けど、マジで感動した。目から鱗だった。何て説明すりゃいいのかな。ほら、解剖って、とにかく決まり事みたく、遺体の頭のてっぺんからつま先まで、全部調べるだろ」

「うん。どんな遺体かて、そうしてるな」

「俺はこれまで、その作業のすべてを、同じようにべたーっとこなしてきたわけだ。

決まりだから、腐ってどうしようもない死体に見えても、とにかく全部見なきゃいけねえんだ、みたいに」

　筧は、ただひたすらに空腹を満たしつつ、伊月の話にも耳を傾ける。

「それは監察でも同じなんだけど、作業に緩急つけるってか、力の割き具合をちゃんと考えるってか……。ほら、行政解剖って、とにかく仕事量が多いから、てきぱきやらなきゃいけねえだろ。だから自然と、ここは大事、ここは念のため見ればいい、ってポイントをふまえてなきゃ、とても仕事にならないわけよ。でもって、そういうポイントを摑むためには、たぶん……」

　伊月はグラスの酒を少し飲み、悔しげにこう締め括った。

「たぶんさ、法医学の医者として、知識とか経験とか……勘とかが必要なんだ。けど、そんなもん、今の俺にあるわけないだろ。違うか、筧！」

「え？　あ、ああ、うん、そりゃ……。だってタカちゃん、この世界に入ってまだ半年経つか経たへんかやん。勘と知識はともかく、経験はどないもこないも」

　急に再度怒りの色を浮かべた伊月の綺麗な顔を見ながら、筧は遠慮がちに同意する。

　伊月は、荒々しくテーブルにグラスを叩きつけた。

「わかってんだ。わかってんだけど、悔しいじゃねえか。だって、経験がものを言うってんなら、俺はあのオッサンにこの先一生追いつけずに、文句言われっぱなしなんだぜ。せめて一泡吹かせるチャンスがほしいんだよ、俺は」

いかにも伊月らしい台詞に、筧は微笑する。

「その負けん気が、タカちゃんらしゅうてええわ」

「笑ってんなよ、ばーか」

「けど、安心した。そない思てるんやったら、来週も頑張って行くやろ。挫けんと」

「誰が挫けるかよ。俺は強がり番長なんだぜ」

伊月はようやくいつもの笑みを浮かべ、そう言った。筧も笑って頷き、そして「そういえば」と話題を変えた。

「今週はうちの解剖なかったし、所轄で小さい事件がようけあったし、あんまりタカちゃんと話してへんけど……あの子、どうなった？」

伊月は、暗い目をして嘆息した。

「ああ……ブルーズのことか？」

「うん。相変わらず、毎日ＡＷにログインしてるんか、タカちゃん」

筧の問いに、伊月は少し躊躇った後、正直に頷いた。筧は、心配そうに訊ねた。

「……それで？　会うて話してるんか？」

「ああ……いや、今週は一度しか会えてない。単に時間帯が合わないだけかもしれねえけど。それより、そのことだけどな。こないだはゴメンな。俺、お前に無理言った。あの子の身元を警察で調べられないか、なんて。無理だよなあ、日本のどこにいるかもわかんない、もしかしたら外国かもしれない、しかもホントの年齢も性別も確かにはわかんない奴なんだからさ」

　筧は、困惑しつつも頷く。

「うん。確かに、児童虐待の可能性があったら、できる限り協力するんが警察の務めやとは思うねんけど、これに限っては、ちょっと……」

「あんまり漠然とし過ぎてるよな」

「うん。あれから何かのついでに課長にも訊いてみたけど、そら無理やろって」

「だろうな。わかってんだ。無茶だって」

「ほな、タカちゃん……あの子のことは諦めたんか？」

「馬鹿言うな。……あ、すいません、同じのお願いします。お前、ビールでいいよな。それから、じゃこおにぎりと茄子のグラタン」

　伊月は通りがかりの店員に素早く注文すると、こう打ち明けた。

「俺、気がついたんだ。ＡＷをプレイするとき、プレイヤーの名前と住所と電話番号、登録しなきゃいけないだろ?」

「ああ、そうやね。使用料の支払いもせんとアカンから、銀行口座も向こうに教えるし」

「だからさ、AWを管理してる会社に訊けば、ブルーズを使ってるプレイヤーの身元がわかるはずだと思って、電話してみたんだよ」

「そ……そらそうやけど……教えてくれへんかったやろ」

「うん。きっぱり断られた。そりゃそうだよな。そんな簡単に教えられたら、プライバシーもへったくれもねえもんな。……で、一生懸命事情を説明したんだけど、やっぱ無理だって言われたよ。警察がそれを事件として取り上げたとしても、協力できるかどうかわからないって……まして個人が何言っても、絶対に顧客情報は教えられないって言われたよ」

「そうやろうなあ。タカちゃん、そこまで頑張ったんや。よっぽど気になってんねんな、その子のこと」

伊月は、料理を行儀悪くフォークでつつき回しながら頷いた。

「ああ。だってな、筧。あの子の母親の恋人の男、病的酩酊なんじゃないかと思うんだ」

「病的酩酊? それってもしかして、こないだのうちの解剖のアレか? 酒に酔うて、父親殺してしもた上、そのこと覚えてへんっちゅう、あの……」

「ああ。あの息子、あれからどうなった？」

「勾留《こうりゅう》中や。都筑先生の忠告に従って、精神科の専門医に診察してもろてるねん。来週くらいに、診断が出るん違うかな。弁護士の先生もついてるし……刑事の僕が言うべきことやないけど、少しは事情がわかってもらえるとええなと思てる」

「やっぱり父親に暴力を振るったこと、全然思い出せないのか？」

「僕は取り調べしてへんからわからんけど、聞いた話ではサッパリらしいで。……アカンタレやけど、可哀相やな」

「ホントにな。けど、それと同じことが、あの子にも起こりかねないんだぜ、筧」

伊月は、ブルーズの母親の恋人の行為について語った。筧は難しい顔で、うーんと唸った。

「それ、ホンマあの親子の事件によう似てるな。……まあ、まだそこまでは殴られてへんみたいやけど」

伊月は深く嘆息した。

「ああ……顔殴られて痣ができても、母親には隠してるみたいなんだ。……ほら、仕事の都合で子供とはすれ違いだろ。気付かないんだろうな」

「ますます可哀相やな。……これ言うたらタカちゃんまた怒るやろけど、その子が言うんがホンマのことやったら、な」

寛は、伊月の赤く染まった顔を覗きこみながらそう言ったが、予想に反して、伊月は腹を立てなかった。ただ、沈んだ表情で彼は言った。

「今となっては、いっそそれが本当のことじゃなきゃいいのにな、って思うよ。……けど、嘘にしちゃ、作り込みすぎだ」

「タカちゃん……」

「都筑先生がさ、『隻手の声』って言葉を教えてくれたんだ。両手で立てる音は聞こえて当然、でも片手で立てる音も、耳で聞こえなくても、心で聞けなきゃ駄目だって」

「えらい難しい話やな。哲学みたいやん」

「まあな。俺、ブルーズの顔は知らない。どんな声で喋るのかも知らない。けどさ。すげえ手前味噌かもしれないけど、俺、あいつの声、ここに聞こえてくる気がするんだ」

酔いのせいで少し呂律が怪しくなった伊月は、大声でそう言って、自分の胸をバンと叩いた。

「騙されてるかもって思ってるんだろ、寛。でも、俺はそうじゃないって感じてるんだ。理由は言えないけど、何かそう信じられるんだよ。……きっと、小さい頃の俺に似た空気を感じるからだと思うんだ。だから寛。俺、やっぱりあの子を放っとけないよ」

筧は、途方に暮れたように、太い眉をハの字にした。

「せやかてタカちゃん、話聞く以外に、してやれることなんかないやん」

「そうなんだけどさ。クソッ、何でネット世界なんだ！　何で近くにいないんだ、あいつは！」

伊月は拳でテーブルを叩く。食器やグラスがけたたましい音を立てたが、店の喧噪の中で、それが隣のテーブルに気付かれることはなかった。さりげなく伊月の周りから食器を遠ざけつつ、筧はただ、そんな伊月をじっと見つめていた……。

＊　　＊

伊月は、夢を見ていた。

「なあ、お母さん。お母さんは、ホンマに俺の本当のお母さんなんか？」

バリバリの関西弁を喋っていた頃の、七、八歳の自分。

夜遅く医院から戻り、漬物と惣菜屋のコロッケで夕食を摂っている母に、幼い伊月はいきなりそんな問いをぶつけた。

「何言ってんの。こんなに似た顔してるのに、嘘の親子のはずないでしょ」

眠い目を擦って部屋から出てきた息子にいきなりそんなことを言われて、母親は訝しげに眉を顰めた。ハードな診療で疲れているのだろう。息子にそっくりの切れ長の目が、真っ赤に充血している。

大きめのパジャマの裾を引きずりながらも、伊月は母の向かいの椅子に腰掛け、テーブルに両手をついて言った。

「せやけど学校で言われたで。ご飯作ってくれへんし、家にも全然いてへんし、一緒に遊んでくれへんし、参観日にも来てくれへんような親は、ホンマの親違うて」

「学校で、誰が？」

「同じクラスの奴。そいつの親もそう言うてたって」

ふうん、と馬鹿にしたように鼻で笑って、母親はご飯にほうじ茶をかけ、啜り込んだ。それから、両の拳を握り締め、自分を睨むように見ながら答えを待っている息子に問い返した。

「じゃああんたは、それを信じるわけ？」

「べつに、そうやないけど……」

「けど？」

「ほな、お母さんは、ホンマのお母さんなんやな？」

「そうよ」

「それやったら……ホンマのお母さんやのに、俺のこと、可愛くないんや？」

母親は溜め息をつき、茶碗を置いた。

「あんた、今日はやけに絡むわねえ。実の子供なんだから、そりゃ可愛いわよ」

伊月は、ここぞとばかり身を乗り出す。

「せやったらどうして……」

「どうして、料理も家事もあんたの相手もしないのって？」

伊月は、こくりと大きく頷く。

母親はちょっと考え、そして答えた。

「人間にはね、優先順位ってもんがあるのよ、タカ」

「ゆうせん……じゅんい？」

母親の言葉の意味がわからない伊月は、首を傾げる。目の前のまだ若くて綺麗な母親は、真面目な顔で言った。

「あんたが可愛いのは嘘じゃない。でも私は、私のことがもっと可愛いの」

「お母さんが、お母さんのこと、可愛い？」

「そうよ。あんただって、自分のことが好きでしょう？」

曖昧に、伊月は頷く。母親は、うっすら笑って言った。

「私は、いつまでも私が好きでいたいの。そして私は、医者として仕事をしている私が、いちばん好き。……だからよ」

伊月は、幼い顔を顰め、上目遣いに問いかける。

「そしたらお母さんは、俺より仕事が好きなんか？」

「ちょっと違うな。お母さんは、『お医者さん』の私がいちばん好きなの。『タカのお母さん』と『お父さんの奥さん』の私のことは、その次に同じくらい好き。それじゃ足りないかしら。あんたが何よりも大事でなきゃ、駄目なのかしら」

「…………」

「ね、タカ。もう少し大人になるまで、お母さんのこと見ててよ。それから決めて、お母さんのこと好きか嫌いか。今は、お母さんの生き方、理解できなかったり、不満だったりするでしょうけど」

「俺はお母さんのこと……！」

言いかけた伊月の口をテーブル越しに指先で塞いで、母親は寂しく笑った。

「もう、寝なさい。連絡帳には、はんこ押してランドセルに戻しておくから」

「…………」

伊月は、黙りこくったまま椅子を降り、部屋に戻った。すっかり冷たくなってしまったベッドに潜り込む。

「……お母さんのこと、嫌いやないて言おうと思ってたのにな……」

まさか、母親が自分の言葉に即座に反応し「じゃあ、これからはずっとタカと一緒にいるわ」と言ってくれることを期待していたわけではない。それでも、もう少し優しい言葉をかけてくれるだろうと伊月は思っていたのだ。寂しい思いをしているのも、つらい思いをしているのも本当のことだったし、それを母親に知ってほしかった。

それなのに、自分の言葉が母を傷つけたらしいということは、伊月を酷く混乱させた。つらいのは自分なのに、何故好きなことを好きなようにしている母が、あんな寂しげな笑顔を見せたのか、伊月には理解できなかったのだ。ただ、微かな後悔が幼い胸を灼くばかりだった。

(けど、俺ホントのこと言うただけやもん……ホンマのこと……やもん……)

心の中で、弁解とも主張ともつかない呟きを繰り返すうちに、ベッドが温まり、徐々に瞼が重くなってくる。

だが、うとうとし始めた頃、誰かが激しく肩を揺さぶった。

『タカ……』

（何だよ。寝ろっつったのはアンタだろ）

伊月は、眠りをギリギリの浅瀬まで引き上げられ、ムッとして母親に悪態をついた。

しかし、声はますます大きくなる。

『タカちゃん！』

「うるせえッ！」

腹を立てて怒鳴りつけた瞬間、ぽかりと目が開く。視界いっぱいに、見慣れた浅黒い顔があった。

「あ、やっと起きたわ。朝からえらい元気ええなあ。おはようさん」

しゃがみ込んでいた筧は、ニコッと笑うと立ち上がった。伊月はまだ半分夢の世界に意識を残したまま、呆然として長身の筧を見上げる。

「あれ？　何だ？　うちの母親は？」

「タカちゃんのお母さん？　何言うてんのんな、タカちゃん。こんなとこにいてはるわけないやん」

「……いや、だって俺、さっきまで母親と喋ってて……寝ろって言われて寝て……」

「はあ？　タカちゃん、寝惚《ねぼ》けとるんやな」

筧は困った顔で言った。寝惚けている、と言われて、伊月はようやく自分が眠りながら眠る夢を見る、というややこしいことをしていたのに気がついた。

「な……なんだ。夢かよ」

「どんな夢見とったんか知らんけど、何や泣きそうな顔してた。朝飯できてんで。はよ起きや」

筧はそう言って、伊月のボサボサに寝乱れた頭を軽く叩き、苦笑した。

見れば、すでにワイシャツ、ネクタイ姿の筧は、紺色のやけに使い込まれたエプロンをつけている。

（いや……朝飯はいいんだけどさ。何だこりゃ。どうなってんだ？）

伊月は、まだ靄《もや》のかかった頭を片手で押さえ、のろのろと体を起こした。

いつも就寝時に着るパジャマではなく、スリムジーンズとセーターのままで眠りこんでいたらしい。おかげで、体がやけに強張っている。起き上がると、猛烈な頭痛がした。

伊月は、筧の人懐っこい笑顔を見上げて訊ねた。

「なあ。俺なんで泊まってんだ？　お前が家にいるのに」

筧は、やや困惑の表情で伊月を見た。

「困ったなあ……。タカちゃん、昨夜のこと全然覚えてへんのんか？」

「へ？　昨夜？」

伊月はしばらく無言で考える。……と、不意に昨夜の記憶が甦ってきた。

「あ……俺、確かお前と飲みに行ったんだよな？」

「うん。そんでタカちゃん飲み過ぎて、ベロベロに酔うてしもて、もう家帰るんめんどくさいって言うたんやんか」

「あ……そういやそんなこと言ったっけ」

「そんなこと言うたどころか……」

筧は笑いながら、昨夜の伊月の醜態をごく控えめに語った。

昨夜伊月は、筧の制止をものともせず、泥酔するまでダラダラと飲み続けたらしい。そして挙げ句の果てに「眠くなったからもうここで寝る」と言い張り、店の前の路上で大の字になったというのだ。しかも慌てて抱き起こそうとした筧の手を振り払い、大声で調子っ外れの歌まで歌ったという。

「……嘘だろ」

伊月は、顔から血の気が引くような思いで、旧友の顔を見上げた。だが筧は、非情なくらいキッパリとかぶりを振った。

「ホンマやて。しゃーないから、僕んち連れて来たんや。で、タカちゃんベッドに寝かせて、僕は介抱がてら床で寝てんで」

「……マジ？」

「嘘やないて」

伊月は床に視線を走らせた。なるほど、自分の寝ているベッドの下には、毛布が一枚きちんと畳んで置いてある。まるで野宿の様相だ。

「悪ィ」

伊月はそれだけ言って、頭をボリボリ掻いた。どうやら途中から完全に意識が飛んでしまったらしく、「オールズ」で飲んでいたその途中から、さっぱり記憶がない。

だが、頭痛と胸のムカツキは間違いなくアルコールがもたらしたものだし、吐く息はまだ酒臭い。

「もしかして、俺、吐いた？」

恐々訊ねると、筧は笑ってかぶりを振った。

「ううん、手のかからん酔っぱらいやったで。全然吐かへんかったし、水ようけ飲んでぐうすか寝てたし。ただ、吐いてへんからよけいに心配で、近くにおっただけや。どっか、具合悪いんか？」

「んー、まあ、やっぱりそれなりにな。記憶なくなるほど飲んだわりには、全然オッケーだけどよ」

「そっか。ほな、飯食えるやろ。顔洗っておいでや」

「ん……わかった」

伊月が頷くと、筧はスタスタと部屋を出ていった。

「……参ったなあ」

伊月はベッドの上に胡座をかいたまま、室内をぐるりと見回した。

六畳ほどの、何とも殺風景な部屋。窓からはたっぷり朝の光が入ってくるが、曇りガラスで外の景色は見えない。

「あー……頭痛ぇ。自業自得とはいえ……俺、けっこうマジで煮詰まってたんだなあ」

溜め息混じりに呟き、伊月は寝乱れた長い髪を、片手で物憂げに掻き上げた……。

間奏　飯食う人々　その五

伊月が洗面所から出てくると、筧は台所兼リビングのテーブルに、せっせと皿を並べているところだった。

「座り。今、味噌汁よそうし」

伊月は、裸足で床に立ち、呆れたようにテーブルの上と筧の顔とを見比べた。

「お前さあ、毎朝こんなに食ってんのか？」

「今朝は特別や。お母んが旨いもん送ってくれてん」

「そりゃありがたいけど。朝からこんなに食えないぜ、俺。二日酔いだし」

焼き魚に、茶碗山盛りの炊きたてご飯に、味噌汁に、漬物。正しい日本の朝食である。

「アカンて。朝飯きちんと食わへんから、タカちゃん朝が弱いねんで。飯食うて、元気出さんと！」

「うー……」

まるで母親のように、筧は細々と世話を焼く。伊月は仕方なく、箸と茶碗を手に取った。食欲などまるでなかったのだが、とりあえず啜った味噌汁の味に、目を見張る。

「筧、これ滅茶苦茶旨い！」

素直な賛辞に、筧は嬉しそうに笑った。

「せやろ。味噌は、お母んが自分で作ってるねん。鯵《あじ》の干物も旨いで」

「あ、ホントだ。……しっかしマメだよなあ、お前」

「身体が資本やし、家で食べるときは、自分でよう気ぃつけんとな」

「食事が不規則だもんなあ、刑事の仕事って」

「そうやねん。あ、タカちゃん、卵かけご飯する？　昔から安物の味付け海苔好きやろ？　あるから出したるわ」

「安物は余計だ……好きだけどよ。あのでっけえガラス瓶に入った奴」

「これやろ」

流しの下の棚から、海苔の大きな瓶がドンと出てくる。

「サンキュ。なんてーか、こういうの、お袋の味とかって言うのかな」

「さあ？　そういや、タカちゃんのお母さん、飯作らへんて言うてたもんな。引っ越してからも、ずっとそうか？」

「だよ。何か、家でこういう朝飯食うのって、生まれて初めてだわ、俺。さっき、母親の夢見たから、よけいそんなこと思うのかな」

「あ？　お母さんの夢？　タカちゃんのお母さん、まだ元気に仕事してはるんやろ？」

「うん。何かな、子供の頃に、どうして俺を構ってくれないんだって母親に食ってかかった時の夢。あんな夢見たの、初めてだ」

「ふうん」

筧は、曖昧な返事をする。平凡な主婦の母親を持つ筧には、当時の伊月の心境が完全には理解できないのだろう。伊月は、構わず喋り続けた。

「何だろうな。昔は仕事ばっかりの母親が理解できなくて、凄く遠い人みたいに思ってたんだ。だけど、最近になって、そうでもなくなった」

「ふうん？　何で？　お母さんとよう話すようになったん？」

「いいや。相変わらず母親は仕事三昧だし、俺はこっち来ちまったし、前よりずっと話す機会は減ったんだけどさ」

「うん」

「何てえの？　最近、母親のことを尊敬できるようになった。俺のこと産んでも、自分らしく生きることをやめなかったってのは、かっこいいよなって」

伊月は、生卵をご飯に掛け、醤油を垂らしながら、照れ臭そうに言った。

「結局、すげえ頑張ってる自分を見せることが、あの人なりの子育てだったんだろうなって、思えるようになった。料理するより、一緒に遊ぶより、自分の生き様を見せることで、俺に何かを教えてきたんじゃねえかなって。あ、何かダサいな」

「そんなことあらへんよ。……そっか。なんか不思議やな」

筧は微笑して言った。

「何がだよ？」

「ろくに喋ってなくても、母親と子供の間には、ホンマに確かな絆があるんやなって。今、タカちゃんの話聞いてて、つくづくそう思った」

「そうかもな。だって、俺たちみんな、母親の腹んなかで孵化《ふか》したヒヨコみたいなもんだぜ。しかも、十ヵ月かけて。長ぇよな。それだけでも、母親を尊敬する価値あると思うわ、俺。大人になった今だから、そんなこと思えるんだろうな。不思議だよな。同じように年取ってるのに、大人になると、親子の年齢差って小さくなる気がする」

「ホンマやなあ」

伊月の言葉に、筧も感慨深げに頷く。伊月は、卵かけご飯を味付け海苔で巻いて口に放り込み、ふと真面目な顔で言った。

「そうか……。きっとブルーズのことを考えてたから、あんな夢見たんだな」

「ブルーズの……？」

「ああ。母親のことを好きで、でも何か変に距離置いちまってるあいつのこと、どうしてやったらいいだろうって、ずっと頭のどっかで考えてたから、だから自分の子供の頃のこと、思い出したんじゃねえかな」

「かもしれへんな」

篁も、どこかしみじみした声音で同意した。

「僕は、タカちゃんの近くにおっても、タカちゃんがどれくらい寂しいんか、ホンマに理解することはできへんかった。……お母さんとの関係に、子供の頃に悩んで傷ついたことがあるタカちゃんやったら、ブルーズの力になってあげられるかもしれへん」

「篁……。お前、あいつの話がホントだって信じるのか？」

鋭い声でそう問われて、篁は一文字の唇を大きく引き伸ばしてしばらく考え、頷いた。

「そうやね。……ただ、僕はブルーズと直接話したことがあるわけやない。せやから、僕が信じるのは、タカちゃんの勘や。タカちゃんの、心の耳で彼女の声を聞く力を、僕は信じるわ」

「……サンキュ」

伊月はどこか照れ臭そうに言い、そして真面目な話をしてしまった埋め合わせをするように、おどけた口調でこう言った。

「ま、一発オヤジっぽく説教垂れてみるのも有効かもしれねえな。今度あいつと会ったとき、少し自分の話もしてみる」

筧は、ちょっと困った顔で笑った。

「まあ、気をつけてな、タカちゃん。……それより、もっと食べ」

「食う」

勢いがつくとゲンキンなもので、さくさくと箸が進む。ふっくらと身の厚い鯵の開きをつつきながら、伊月はダイニングの大きな窓に顔を向けた。開けっ放しのその窓からは、猫の額ほどの庭が見えている。

ぼんやり外を見ている伊月に、筧は漬物の入ったタッパーを押しやった。

「ほら、どんどん食べや、タカちゃん」

「もう十分だよ。こんなに食ったら、もうしばらく動けないぜ、俺」

「動かんかてええやん」

筧はあっさりと言い放つ。伊月は、壁の時計を見て顔を顰めた。

「そうはいかねえよ。もう仕事行かないと」

「……土曜日やのに？」

筧は不思議そうに首を傾げる。

「……え？」

「まだ寝惚けとんか？　今日はタカちゃんとこの職場、休んでええ日やろ？」

「あ……」

しばらく呆気にとられていた伊月の顔が見る見る赤くなる。筧は、ますますわからないといった顔つきで伊月を見た。

「タカちゃん？」

「てめえ、筧っ！　休日だってのに、俺を八時なんかに叩き起こしやがってこの野郎！」

物凄い剣幕でテーブルを叩かれて、筧は目を丸くするばかりである。

「八時やったら遅すぎた？　何か予定あったん？　誰かと約束とか……」

「そんなんじゃねえ。俺は、休みの日は最低でも昼まで寝ることにしてんだよっ」

そんなこと知るものかと憤って当然だが、そうしないのが筧という男である。

「うわ、そうやったんか。知らんかってん。堪忍な、タカちゃん」

心底すまなそうに、背中を丸め、両手を合わせてみせる。

「僕仕事やから、出かける前にタカちゃんに飯食わせとかんとーって思うて」

「あ……お前、仕事なのか」

「うん。警官に土曜も日曜もあらへんよ。シフトで動くだけやしな。もう出かけんとや」

屈託なく笑って、筧はエプロンを外した。

「ひとりにして悪いけど、ゆっくり飯食うて、また寝たらええよ。食器とか、そのままほっといて」

「あ……うん。もう行くのか？　車で？」

「いんや。ここんとこちょっと運動不足やし、自転車で行くわ」

ネクタイを締め直し、ジャケットに袖を通しながら、筧は言った。安物のスーツだが、手入れがきっちりしている上に体格のいい筧が着ると、ビシッと決まって見えるから不思議だ。

「下っ端が遅刻できへんからな。あ、家ん中のもん、何でも使うてや。パソコンも、な」

「ああ……サンキュ」

伊月も茶碗を置いて立ち上がった。狭い玄関に立ち、筧を見送る。アパートの庭で遊んでいたらしいしゃもが窓から戻ってきて、伊月と共に玄関まで主人を見送る。

すり切れた革靴に足を突っ込んで、筧は眩しそうに目をパチパチさせて伊月を見た。

「ええなあ……」

「ん？」

伊月は、眉根を寄せる。筧は、そんな伊月に、妙に楽しげにこう言った。

「この家で、ししゃも以外の誰かに見送ってもらうん、初めてやから嬉しいねん」

「朝から変なことで喜んでないで、さっさと行け！」

背中を蹴飛ばさんばかりの勢いで嚙みつく伊月に、筧は笑いながら手を振り、家を出ていった。薄い扉を閉め、伊月は手持ち無沙汰な気分でダイニングに戻った。

「はー、ご主人様は今日もお仕事だぜ、ししゃも」

にゃー、と気のない返事をして、ししゃもは台所の日当たりのいいところにゴロリと横になった。ひとりになると食欲も失せてしまい、伊月はテーブルの上をそのままにして、和室へ入った。

「……やっぱし、頭痛ぇ」

リビングの大きな窓から差し込む朝日が眩しくて、頭がズキズキする。

「こんな格好で寝てたから、余計に具合が悪いんだよな」

身体にぴったりする服を着て寝ていたのでは、とても身体が休まるはずなどない。

伊月は炬燵のそばに積み上げてあった筧の服を引っかき回し、洗い晒したジャージの上下に着替えた。

「……でけぇ」

痩せた身体にダブダブの服を纏い、伊月は再び炬燵に潜り込む。自然と、天板に置きっぱなしのノートパソコンに向かい合うことになった。時計を見れば、まだ八時半である。

「今日は学校休みだろうな、あいつ。けど、こんな朝からアクセスしちゃいないか」

酷い頭痛を抱えてゲームをやる気にはなれず、伊月はパソコンを押しやり、天板に細い顎を乗せた。

「寝直すか……」

隣の部屋へ行くのも物憂く、伊月は猫背になって目を閉じる。

……と。

突然、聞き覚えのある『ダース・ベイダーのテーマ』が耳に飛び込んできて、伊月はハッと目を開けた。それは、彼のスマートホンの着信音だった。

「何だ？　筧が忘れものでもしたのかよ」

伊月はノロノロと炬燵から出て、バックパックを探して、音のするほうへ獣のように畳の上を這った。ようやく部屋の隅っこに見つけたそれを引っかき回し、スマートホンを取り出す。

発信者は非通知になっていた。訝しく思いつつも、伊月は着信アイコンを押してみた。

「……もしもし？」

『龍村だ。休みの日にすまん。寝ていたか？』

昨日の今日で聞き飽きたその声に、伊月は思いきり顔を顰めた。それでも、声はあくまでも殊勝げに答える。

「ああ、おはようございます。昨日はどうもっす。……どうしたんですか？」

『悪いが、ちょっと監察に出てこられないか？　解剖が入ったんだ』

単刀直入に龍村はそう言った。伊月は思わず「げっ」と言いかけ、慌ててその言葉を飲み下した。

「か……解剖、っすか……？」

『ああ。今日は大忙しでな。ところが今日の当番の先生が風邪でダウンしてしまったんだ。週末は田中さんもいないし、どうにも人手が足らんのだ。頼めないか？』

（げー。冗談じゃねえよ。誰のせいで、今、二日酔いだと思ってんだよ）

心の中で思いきり悪態をつきつつ、しかしこれから嫌でも毎週顔を合わせるだけに、ここで恩を売っておくのも手だと伊月は思った。

(だよな。……確かに、勉強にはなるんだし。ちょっときついけど、踏ん張っとくか)

『どうなんだ？　来られるのか、来られないのかどっちだ』

「わ、わかりました。けど俺、今大阪っすよ？　それに、どうして俺のスマホの番号知ってるんです？」

『ああ。本当は伏野のほうが家が近いから、先に連絡したんだが、キャンセルできない予定があるらしくてな。代わりにお前の番号を教えてよこした。俺が先に行って始めておくが、お前もできるだけ急いで来てほしい』

「げっ。やってくれるなあ、ミチルさん。……わかりました。すぐ行きます」

『悪いな。頼む』

通話を切り、伊月は深い溜め息をついて立ち上がった。大きなコップ一杯水を飲み、家の中の戸締まりを確かめる。

にあー。

不穏な気配を察したのか、ししゃもが大きな伸びをしながら起き上がった。伊月は、ししゃも用のドライフードを補充してやってから、自分を見上げる小さな生き物の、指先で事足りるふわふわの頭をそっと撫でた。

「悪い。男にはやむを得ない仕事って奴があるんだ。今日は筧が帰ってくるだろうから、日向ぼっこでもして待ってろ」

にゃん。

子猫は一声鳴くと、義務は果たしたとでも言わんばかりに、また寝場所を探して向こうへ行ってしまう。「薄情者」と小声で呟き、伊月は身支度をすませて外へ出た。

明るい日差しに、頭痛が倍ほど酷くなったような気がする。調子に乗って朝食を食べ過ぎたせいで、歩いていると、胃の辺りがムカムカしているのに気付いた。

「くあー。これで腐った奴が来てたら、俺、思いきり吐くかも……」

駅への道をダラダラと歩きながら、伊月は大きく伸びをした。そして、駅前の薬局で、消化薬と頭痛薬を買おう、そう決意したのだった……。

六章　ありのままの君を

　伊月が監察医務室に到着したのは、それから一時間半ほど経った頃だった。なるほど、黒板に書き込まれた行政検案予定は、午前中だというのに、すでに八件である。

「こりゃ大変だ……」

　監察医務室で着替えた伊月は、さっそく解剖室へと向かった。解剖室では、龍村が孤軍奮闘していた。伊月の姿を見ると、龍村は今解剖が終わったばかりの遺体を指して、こう言った。

「おう、やっと来たか。縫合を頼む。僕は検案書を書いて、すぐ戻ってくるから」

　おはようの挨拶をする間もなく、龍村は伊月の脇をすり抜け、解剖室をドカドカと出て行く。

　伊月は慌ててミチルの上っ張りに袖を通し、黒長靴に足を突っ込んだ。

　幸い、遺体の縫合は、かなり厳しく清田から仕込まれている。「できるだけ細かく綺麗に。遺族の人に見られても恥ずかしくないようにせんとアカンのですよって」というのが技師長の口癖である。実際彼は、どんな酷い状態の遺体でも諦めることなく、元の状態にできるだけ近い状態に復元し、縫合しようと努める。それを目の当たりにしている伊月も、自然と縫合には注意を払うようになっていた。

「先生、お休みの日にすんません」

所轄の警察官らしき出動服の男が、遺体搬入口に顔を出してぺこりと頭を下げた。

伊月も挨拶を返しつつ、手術用手袋と綿手袋を嵌め、早速縫合に取りかかった。

だが、如何に丁寧な仕事といえども、迅速に出来なくては何の意味もない監察医務室である。伊月が大きく陥没骨折した頭部の縫合に手間取り、ようやく体幹部を半分ほど縫ったところで、遺族に検案書を交付し終わった龍村が引き返してきた。

「すんません。もうすぐ終わります」

ジロリと睨まれ、伊月はそう言って謝ったが、龍村はニコリともせず、腹部のほうから縫合を手伝い始めた。

「縫合を丁寧にするのは大事なことだ。徐々にスピードアップしてくれればいい。……だが、右が少し引きつれてきているぞ」

「え……？　あ、ホントだ」

必死でやっていたので気付かなかったが、左半身の皮膚が、少したるみ気味になってしまっていた。いつもはこうなると、清田が舌打ちしながら糸を切り、すべてやり直してしまうのだが、ここでそうすることは、時間的に許されないだろう。どうしたものかと伊月が迷っているうちに、龍村は鮮やかな手つきで、下から上へと縫い進めていった。不思議なことに、伊月の縫いかけの縫合糸と胸部で結紮《けっさつ》する頃には、皮膚のたるみは完璧に解消されている。

「すげえ。どうやって……」

「簡単なことだ。縫合するときに、たるんでいるほうの皮膚を、ほんの少し長く間隔を取って縫えばいい」

「なるほど……」

伊月は、ただ感心するばかりである。そんな伊月に、龍村はピシャリと言った。

「感心している暇はないぞ。さっき監察医務室に戻ったら、二体増えていた。今日は今の時点で十体、今終わっているのはたったの二体だ。……さっさと次にかかろう」

「……うへえ。何か、まるで解剖マシンっすね……」

伊月は天を仰ぎたい気分で、ホースを引き寄せ、遺体の洗浄に取り掛かった。

　結局、五体の解剖を終えたところで、龍村と伊月は短い昼休みを取ることにした。昼休みといっても、既に午後一時半である。

「二時から、次を始めるか」

　さすがに少し疲れた様子でそう言い、龍村はソファーに深々と体を沈め、両足を投げ出した。

「そうっすね……」

　伊月もグッタリとソファーに寝そべり、気のない返事をする。二日連続の解剖三昧、しかも解剖中はすっかり忘れていたが二日酔いで、伊月は口を開くのも気怠い状態になっていた。

「僕は食わんが、飯が食いたければ、上の通りにコンビニがあるぞ」

「……いや、いいっす」

　独り言のような小声で返事をして、伊月はゴロリと横向きになり、目を閉じた。

（筧に朝飯食わせてもらっといて、よかった……。でなきゃ保《も》たなかったぜ。ったく、休みの日に来てやったって、全然手加減なしなんだもんなあ）

　心の中で、伊月は愚痴をこぼす。休日出勤して恩を売るどころか、昨日と変わらぬ勢いで、彼は龍村にどやされ通しだったのである。必死で考えて書いた検案書も、三枚中二枚は、問答無用でシュレッダーに放り込まれた。この後、まだ五体の解剖が待ちかまえていると思うと、伊月はもうこのままグズグズと溶け去ってしまいたい気分だった。

(畜生、来るんじゃなかったぜ。自己嫌悪2デイズなんて、冗談じゃねえ。だいたい、ミチルさんが悪いんだ。ミチルさんが……)

「ごめんね、遅くなって」

(ホントだよ、遅すぎ……え?)

頭の上から降ってきた声に、伊月はギョッとして目を開けた。そこには、ビニール袋を提げたミチルの姿があった。

「げッ。み、ミチルさん……」

「おう、伏野。用事があるんじゃなかったのか」

「あったのよ。もう終わったから、寄ってみたの。これ、差し入れ」

ミチルは大きなビニール袋を、どんとテーブルに置いた。中から出てきたのは、スポーツドリンクとおにぎりである。どうやら、ここへ来る前にコンビニへ寄ってきたらしい。

「すまんな」

簡潔に礼を言い、龍村はおにぎりに手を伸ばす。伊月もモゾモゾと起き上がり、スポーツドリンクをごくごくと飲んだ。冷たく薄甘い液体が、体にしつこく残ったアルコールを洗い流してくれるような気がした。

見れば、ミチルはいつも大学に来るときのような、ジーンズとタートルネックセーターにジージャンという、とても「お出かけ」には見えない格好をしていた。伊月は、不思議そうに問いかける。

「用事って、どこ行ってたんすか？」

ミチルは伊月の隣に勢いよく腰を下ろすと、自分もおにぎりを手に取り、セロハンを抜き取りながら答えた。

「ん。大学。あっちもね、今日焼死が一体入ってたの。教授と二人で、さっくり片づけてきた」

「あ……そうだったんすか」

伊月は内心、さっきミチルに毒づいたことを後悔しつつ、さりげなく視線を逸らす。伊月のそんな仕草には気付かぬ様子で、ミチルはポツリと言った。

「ああ、そうだ。ついでに都筑先生と結論出してきたんだけど、アレ」

「アレ？」

伊月はだらしなくソファーに沈み込み、気怠げにミチルを見た。おにぎり一つを二口ほどで平らげながら、龍村も訝しげに二人の会話を聞いている。

「ほら、伊月君が気にしてた親子鑑定。肯定だったわ」

「マジっすか！」

伊月は思わずソファーから背を浮かした。ミチルは小さく肩を竦めて頷く。

「ええ。なかなか素敵な肯定確率が出てたわよ。あれで異議を唱える人は、まずいないわ。あの子の母親は、娘が望んだとおりの大金を手にできるんでしょうね」

「何だそりゃ」

龍村は、三個目のおにぎりを頬張り、太い眉根を寄せて問いかけた。ミチルは簡潔に答える。

「ん。うちでやってる親子鑑定の一つがね、終わったの。当事者の子供が、鑑定が肯定なら、母親にお金がたくさん入るから嬉しいって伊月君に言ったんですって」

龍村は低く唸りながら、がっちりした顎でおにぎりを咀嚼し、スポーツドリンクで飲み下した。

「それはまた、何と言っていいかわからん話だな」

「そうね。でもまあ、私たちは結果がどうあれ何とも思わないでいるのが、たぶんプロフェッショナルとして正しい姿勢だから」

伊月を牽制するように、ミチルはそう言ってクスリと笑った。

伊月はムッとしてペットボトルを空にしてしまうと、天井を見上げ、ほつれた前髪を指先で弄りながら呟いた。

「まあ、幸せに暮らせるように、って祈るのが関の山なのかな。……あの子はそうやって、無邪気にしたたかに生きてくんでしょうかね」

「どんな子供だって、程度の差こそあれ無邪気でしたたかな生き物なんじゃない？……多分、誰かさんがご執心の、あの子も」

ミチルは、暗にブルーズのことを指してそう言うと、立ち上がり、ＦＡＸされてきた警察からの書類を持って戻ってきた。

「午後からの解剖はこれだけね。……五件か。けっこう大変じゃない。Ｋ大学の司法解剖が入ってないのなら、台を二つ使ってやる？」

龍村は、ミチルから書類を受けとり、それぞれの事例の内容を見ながら口を開いた。

「昼から、赤ん坊の症例が一件あるんだ。親御さんにしてみれば早く返してほしいだろうから、昼一番にこれをやるつもりだ。だから、こっちを頼む」

「独居老人が、トイレで死亡していた症例……か。持病に高血圧と糖尿病ね。了解。

伊月君は、龍村君を手伝ってあげて。赤ん坊は、ひとりより、二人で診たほうがいいわ。ひとりじゃ所見を見落としやすいから」

「……うっす」

伊月は龍村の手前、表情を消して敬礼の真似事をしてみせた。その伊月に、龍村は片頬でニヤリと笑って、書類を差し出した。

「そう簡単に楽はさせてやらんぞ。お前がそれに目を通したら、休憩は終わりだ」

「う……は、はい」

伊月は慌てて、龍村が蛍光ペンでアンダーラインを引いた書類に目を通し、主な項目を読み上げた。

「生後六ヵ月の女児。満期産、出生時体重三千七百二十グラム。妊娠中、出産時に特に問題なし。家族構成は、父、母と七歳の兄。……ふうん、夫婦は再婚で、長男は母親の連れ子……。連れ子、か」

伊月は脳裏にふと、ブルーズのことをよぎらせる。だが、そんなことを考えている場合ではないことを思い出し、慌てて書類に注意を戻した。

「本日午前九時頃、母親が洗濯物を干しに行っている間に、一階居間のベビーベッドに寝かせてあった長女の様子が急変していることに長男が気付き、母親に知らせた。

同じ部屋に父親もいたが、寝転んでテレビを見ているうちにうたた寝してしまい、起こされるまで気付かなかったという。……ふーん。すぐに一一九番通報し、九時二十分に救急隊到着。既に心肺停止状態であり、蘇生処置を行いつつ搬送したが、心拍は戻らず。到着先病院で死亡確認……か」

目を閉じて聞いていたミチルは、首を傾げた。

「何か所見は？」

「んー。そうっすね。警察の測定した直腸温が、正午で三十四・八度。その時の死後硬直はなし。ってか警察の所見だから、赤ん坊の死剛《しごう》は参考にならないですし。そんなもんで、後は特に所見らしいものはなかったようですよ」

「死亡時、風邪を引いてたとか、そういうのも？」

「ないですね。いたって健康にすごしてたみたいです」

「うーん……うつ伏せ寝は？　家族の喫煙は？」

伊月は口をへの字にして書類を最後まで読み、曖昧に首を傾げた。

「ミチルさんが何言いたいかわかってますけど、微妙っすよ。うつ伏せ寝はないけど、両親とも煙草は吸うそうです。母親は、妊娠中だけ禁煙していたそうですけど」

「うわ、微妙……」

ミチルも顔を顰める。龍村は、重々しく言った。

「ＳＩＤＳ（乳幼児突然死症候群）の危険因子か。……だが、その可能性を考えるのは、最後の最後にしたいものだな。さて、それだけ読めば十分だ。さっさと仕事に掛かろう」

「そうね。行きましょうか」

「午後も頑張りますか！」

口々に言って三人は立ち上がり、彼らの戦場へと戻っていった。

解剖室に入った伊月は、思わず嘆息した。大理石の、瓢簞形をした解剖台の上に乗せられていたのは、小さな、本当に小さな乳児の遺体だった。わかっていたこととはいえ、大人の三分の一にも満たない小さな体を目の当たりにすると、伊月の胸はズキリと痛んだ。

同じ思いなのだろう。龍村も、戸口で一瞬足を止め、ボソリと言った。

「……赤ん坊の解剖だけは、どうにもやりきれんな」

だが、伊月がそれに返事をしようとする前に、龍村は大股で解剖室に入り、所轄の警察官に写真撮影を指示し始めていた。

一方のミチルは、赤ん坊をチラリと見ただけで無言で通り過ぎ、もう一つの解剖台に自分の担当の遺体を搬入するよう、外で順番を待っている警察官に声をかける。ほどなく、ストレッチャーに乗せられた遺体が運び込まれてきた。人間の数が増え、解剖室は急に賑やかになる。

撮影が終わると、龍村はステンレスの一メートルの定規を持ち、赤ん坊の遺体に向かって立った。赤ん坊の乱れた前髪を、無骨な手袋の手で、驚くほど優しく撫でつける。

「短い人生だったろうが、楽しいことはたくさんあったか？」

眠っているような幼い死に顔を覗き込み、龍村は低い声で問いかけた。いつもは仁王のような眼差しが、今は限りなく優しい。それを見て、伊月はハッとした。

(この人……。機械みたいに仕事してるように見えて、実はそうじゃないんだ)

「……すまんが、死んだ後も辛い目に遭わせる。因果な商売でな」

そう囁いて手を離すと、龍村は深々と頭を下げた。伊月も龍村に倣《なら》い、目を閉じて一礼する。

「始めるか」

「はいっ」

伊月は背筋を伸ばし、これまでとは少し違う目で龍村を見た。龍村に対して、初めて親近感らしきものを覚えていたのだ。

（ミチルさんの友達だもんな。悪い人のわけ、ねえか……）

赤ん坊の身長と体重を計測し、伊月はその数値をホワイトボードに書き込む。

「身長六十五・二センチ、体重六千八百四十グラム。……ええと、これって……」

「満期産であり、生後六ヵ月の女児としては、まず良好な発育状態だ。そのくらい、本を見ずにわかるようになっておけ」

「す、すいません」

伊月は、素直に叱責を受けとめ、頭を下げる。龍村は、死後硬直を調べるべく、赤ん坊の顎を動かし、頭を持ち上げて少し動かし、それから極めて丁寧に、四肢の関節を一つずつ動かしてみた。伊月も、龍村の反対側の関節を受け持つ。

「どうだ？」

「関節自体は動きますけど、大きな関節には抵抗がありますから、この場合は大関節は硬直高度、その他は中等度から軽度……直腸温から、死後五時間前後と推測するなら、死剛の所見は合致しますね」

「そうだな。では、死斑はどうだ」

龍村の厳しい視線を感じつつ、伊月は赤ん坊を抱き上げて、そっとうつ伏せにした。すぐに出動服の警察官が、背面も写真撮影する。

「体前面は蒼白……死斑は背面に高度、指圧にてごくわずかに消退……。これも死後五時間前後を支持する所見です」

龍村は軽く頷く。彼は、都筑やミチルのように手取り足取り教えてくれるわけではない。それでも龍村が黙って見ていてくれるだけで、伊月は安心して自分の考えを彼にぶつけることができる自分に気付いていた。

「頭部顔面に損傷はなし、頭毛の発生は密、色は茶色で、長さは頭頂部で約八センチ、大泉門《だいせんもん》の陥没や膨隆はなし。頭皮は清潔……」

伊月はちらと龍村の顔を覗き見た。龍村は腕組みしたまま、瞬きで頷く。伊月はすぐに、赤ん坊に視線を戻した。小さなピンセットで、注意深く瞼をめくり上げる。

「眼球結膜、眼瞼《がんけん》結膜蒼白……。あ、溢血点が結膜に少し出てますね」

「どれ」

龍村はそこで初めて巨体を屈め、伊月の手元を覗き込んだ。

「ふむ。……あるいは、救急隊の蘇生処置の産物と言えないこともないレベルだな」

「ですね。……鼻腔内にごく少量の鼻汁、口腔内は空虚、粘膜はいずれも蒼白、口唇は軽度乾燥。頸部……」

伊月は乳幼児用の小さな枕をぐっと赤ん坊の肩まで押し下げ、頸部を露出させた。

羽二重《はぶたえ》餅のように滑らかな頸部の皮膚には、特に損傷はないように見えた。伊月は枕を戻しがてら項部を見、胸腹部に注意深く触れ、そして四肢をチェックした。最後にもう一度背面に損傷がないことを確認して、小さな息をつく。

「見受けられるのは、救命処置の痕跡ぐらいですね。頭毛も全身の皮膚も清潔ですし、爪も綺麗に切ってあります。栄養状態も良好ですし、親のケアに問題はなかったってことですよね」

「ほう。意外によく見ているな。さすが、都筑先生のご指導を受けているだけのことはある」

伊月は、向こう側の解剖台でひとり奮闘しているミチルのほうをちらと見て、小声で龍村に囁いた。

「ミチルさんの指導も受けてるっすよ」

「そうだった」

龍村は顔の右半分だけでニヤリと笑うと、すぐ真顔に戻ってこう言った。

「妊娠中も出産時も、特に問題はなかったんだったな」

伊月は赤ん坊の姿を見ながら、躊躇いがちに龍村に問いかけた。

「ってことは、やっぱりＳＩＤＳの可能性が……？」

「それは解剖が終わってから口にする言葉だ。安易に言うな」

「はい。すいません」

「……今日はやけに素直だな」

即座に詫びる伊月に、龍村はむしろ訝しげにそんなことを言った。伊月は、龍村から目を逸らし、小さく肩を竦める。

「だんだん、うちの教授とミチルさんが、俺をここにやった意味がわかってきたからっすよ」

「そうか。僕もわかったことがある」

龍村は、メスとハサミを台から取り上げながら、伊月の顔を正面から見た。

「お前は見た目ほどちゃらちゃらしてないってな」

伊月は、驚いて目を見張る。その伊月にメスを差し出し、龍村は厳しい口調で言った。

「執刀医を頼む。伊月先生」

「り……了解っす」

ようやく医者扱いしてもらえた伊月は、緊張してそのメスを受けとった。まるで初めて解剖に入った日のように指が震えそうになる。自分で自分を叱咤して、伊月はもう一度赤ん坊に目礼し、鋭いメスをそっと細い首に当て……ようとして、ふと動きを止めた。仰け反るようにして赤ん坊から遠ざかり、じっと目をこらす。龍村は、訝しげに目を眇めた。

「どうした？」

「いや……さっきは気がつかなかったんですけど、何か微妙に皮膚に色むらがあるような気がするんですよ」

伊月は首を傾げながらそう言い、枕を赤ん坊の肩の下にぐいと差し入れた。頭が下がってピンと張った赤ん坊の皮膚を、角度を変えてあちこちから見る。

「む……。ちょっと見せてみろ」

龍村の顔色が変わった。伊月と同じように、あちこちから少し距離を置いて赤ん坊の頸部を観察し、それから近くに顔を寄せ、ただでさえ大きな目をカッと見開く。

「……これは……おい、伏野。ちょっと来てくれ」

「なあに？」

すでに解剖を始めていたミチルは、ハサミを持ったまま、大きすぎる長靴を鳴らして不格好に歩いてきた。龍村は、赤ん坊を指さす。

「ちょっとこの首を見てくれ。どう思う？」

「首？」

ミチルは片手でハサミをチキチキ鳴らしながらしばらく黙っていたが、やがてあっさりと言った。

「首の右側に、ほんの軽い皮下出血と皮内出血があるわね。……左にもちっちゃいのが一、二個あるような気がするけど、断言できないわ。あんまり軽すぎて。……写真に写るかどうかわからないくらい軽微だもの」

龍村は伊月を見る。伊月は頷いた。

「そう、そうっすよね！　俺もそうかなって思ったんですけど、気のせいかと思って」

「いや、気のせいじゃない。ああ、警察の人、頸部の写真をお願いします。伊月先生、そこらへんにある紙でいい、僕が今から言う所見を書きとめてくれ」

「はいっ」

警察官はすぐさまカメラを持って飛んでくる。龍村は、五センチのスケールを頸部に当て、撮影の詳しい指示をし始めた。伊月は、部屋の壁際の戸棚を引っかき回し、何枚かの紙片とボールペンを探し出した。

「……こりゃ、切り替えかなあ」

そんな呟きを残し、ミチルは自分の解剖に戻っていく。

（切り替え、って何だ？）

伊月がそれを問う間もなく、龍村が声を張り上げた。

「頸部右側、頤《おとがい》から右に三センチ、下顎縁から下に三・八センチの部に、上下約一センチ、左右約二センチの楕円形状のごく弱い皮下出血とおぼしき淡い赤色変色部があり、同部には一部軽微な皮内出血を伴う」

伊月は大急ぎで、ボードに紙片を挟み、ボールペンで所見を書き留める。酷い殴り書きだが、後で自分が読めれば問題はないだろう。

「頸部左側、頤から左に八センチ、下顎縁から下に一センチ、二・三センチの部に、それぞれ一・五センチ径の略円形のごく淡い辺縁不鮮明な皮下出血らしき皮膚の淡い赤色変色を認める……」

（なるほどな……ハッキリしない所見もそう言うと、もっともらしいな）

感心しながら、伊月は一言も漏らさないよう、ペンを走らせた。

撮影と外表所見が終わると、龍村はメスを取り上げ、しかし思い直したように、再度伊月にメスを手渡した。

「よく気付いた。いい目をしているが、これは何だと思う？」

伊月は受けとったメスを持ったまま、困惑の眼差しで龍村を見た。

「わ……わかりません。俺、湿疹か何かかと思ったんですが」

「その可能性もなきにしもあらず、だな。だがそうではないかもしれない。自分の手と目でその正体を確かめることだ」

つまりは、お前が切開してみろということなのだろう。伊月はゴクリと生唾を飲み、赤ん坊の柔らかい頤直下の皮膚にメスを当てた。大人の解剖よりは軽い力で、しかししっかりと、切り込んでいく。

下腹部まで切開線が入ると、龍村は自分もメスを取り上げた。二人は、小さな遺体の半分ずつを受け持ち、手早く皮膚を剝離していく。

「可哀相だが、下顎縁に沿って、耳まで頸部の皮膚を切開しよう。頸部を綺麗に露出したい」

伊月は頷き、下顎の骨の下端に沿ってメスを滑らせた。そして、細心の注意を払い、頸部の皮膚と皮下脂肪を剝離していく。

紙のように薄い広頸筋《こうけい》を傷つけないように剝離を終えた伊月は、ふうっと詰めていた息を吐いた。

（あ……これ……）

ハッとあることに気付いた伊月は、左右の頸部の皮膚を一度戻し、そしてそれをゆっくりと開いてみた。それを何度も繰り返し、それからゆっくりと視線を上げ、龍村を見る。伊月の目には、戸惑いの色があった。龍村は顎をしゃくって、伊月の発言を促す。

「一皮めくったら、ハッキリ皮下出血ってわかりました……ね」

「ああ、そうだな」

確かに、大人より白っぽく瑞々しい皮下脂肪の、表皮の淡い皮下出血が認められた部分には、肉眼的にも明らかな出血が見られた。同じ部位に相当する広頸筋にも、頸部右側に楕円形の出血が一つ、左側に円形に近い楕円形の皮下出血が上下に二つ並んで存在している。

表皮を見ただけでは、あるいは皮膚疾患かと思われたそれが、皮下所見で出血であることが明白になった。

(……右に大きめの出血が一つ、左に上下並んで小さめの出血が二つ。……これって何だ?)

体の他の部分には、何ら損傷らしきものは見られない。それだけに、頸部の小さな出血が、酷く気になった。

しばらく考え込んでいた伊月は、あることに思い当たり、ハッと顔を強張らせた。

（まさか……。でも、これは。この出血のパターンは……）

伊月の表情の変化に気付いたのか、それまでじっと黙っていた龍村が、口を開いた。

「わかったようだな」

その声の重さに、伊月は胸にギッシリと石が詰まったような息苦しさを覚えつつ、龍村の角張った顔を見つめた。

「先生……けど、これは」

龍村は、いったん開いた赤ん坊の皮膚を、そっと合わせ、そして警察官に向き直った。

「今すぐ、君の上司に連絡してくれ。行政解剖を、司法解剖に切り替える。大至急、令状の手配を」

「……え？」

カメラを持って解剖を見学していた中年の警察官は、龍村の言葉に、仰天して遺体に歩み寄る。

「な、何でですか、先生。この赤ん坊の遺体に、何か……」

「ここを見てくれ。赤ん坊の頸部だが、左右の側頸部に、ほんのり淡い皮下出血らしきものがあるとさっき言ったのを聞いていただろう。その皮下に、このような顕著な出血がある。……形状も、皮下のほうがハッキリ見えるだろう」

「……はあ。何やら丸い形ですな。右に一つ、左に二つ……ですか？　しかし小さな出血ですなあ。これが司法解剖の根拠になるんですか、先生」

「なるんだ、立派にな」

龍村はほとんど汚れていない手袋を脱ぎ捨て、自分の右手をいきなり警察官の頸部に当てた。

「うあっ」

仰天して身を引こうとする警察官の頸部を、龍村は肉厚の大きな右手で摑むようにした。伊月は息を吞む。

（やっぱり……やっぱりそうなのか……？）

「龍村先生……ッ、な、何しはるんですかッ」

龍村は、笑いもせず、石のように凍りついた表情のままで静かに言った。

「頸部右側の皮下出血は親指、左側の皮下出血は人差し指と中指」

「……な……何と」

ようやく龍村の手から逃れ、警察官は自分の右手を自分の喉元に当て、赤ん坊の頸部と見比べてようやくことの重大さを悟った様子だった。

「龍村先生、っちゅうことは……これは、扼殺《やくさつ》ですかっ」

「その可能性が出てきたから、司法解剖に切り替える、と言っているんだ。書類の準備とそちらの態勢が整うまで、解剖は中止する。……その間に、僕らはほかの行政解剖をやっておくから」

「はいッ。こちらは至急上司と連絡を取って、書類の準備と並行して、家族のほうの調べを、もういっぺんやり直しますわ」

「頼みます」

　警察官は、部下を大声で呼びながら、解剖室を走り出ていく。ミチルは、自分の解剖を進めながらことのなりゆきを見守っていたが、何も言わず、ただ顔を曇らせただけだった。

　伊月は、まだ呆然としたまま、赤ん坊の遺体の傍らに立ち尽くしている。龍村は、そんな伊月の肩をポンと叩いた。

「お前、法医学者としてのセンスは悪くないぞ。……わずかな扼痕を見つけるとはな」

「扼殺……。誰かが、この赤ん坊の頸を絞めて殺したってこと……っすか」

「ああ。その可能性が高い。書類が揃って、解剖を最後までやってみないと、断定はできんが」

「でも、顔面の鬱血もないし、結膜の溢血点も窒息ほどは……」

「大人と違って、赤ん坊の場合、窒息の所見は酷く弱いことが多い。わずかな外力で、気道も血管も簡単に閉塞するからな」

「……でも……」

伊月は、酷く困惑した様子で、赤ん坊の頸部に、そっと自分の骨張った手を当ててみた。だが、伊月の指先と、皮下出血の位置は、かなりずれている。伊月の手では、指先は赤ん坊のうなじに当たってしまうのだ。

「もしこれが扼痕だとしたら、ずいぶんと小さな手の持ち主ってことになりますね」

そう言った伊月は、自分の言葉にギョッとする。

「小さな手。……小さな手って、龍村先生、まさか……」

だが最後まで言わせず、龍村は微かに首を横に振り、ピシャリと言った。

「今は、それ以上考えるのはやめにしろ。赤ん坊をバスタオルでくるんでやって、安置室にいったん戻そう。今のうちに、他の検案をすませてしまうぞ」

「……はい」

返事はしたものの、伊月の目は、しばらく赤ん坊の頸部から逸らされることはなかった……。

＊　＊

それから三時間あまり後。

いったん赤ん坊の遺体を遺体安置室に戻し、他の症例を二手に分かれて行ったため、途中に数が増えて結局六体あった解剖も、何とか終わりつつあった。

龍村とミチルが解剖台を一つずつ使い、伊月は適当にタイミングを見計らいながら、二台の解剖台を行き来して、二人の補助を務めた。

「さて、どうやら果てが見えてきたな」

龍村はそう言って、目の前の遺体から摘出した巨大な肝臓に、脳刀を滑り込ませた。

「そうね。こっちは終わり。それが最後よ。……あの赤ちゃんを除けば」

ミチルは、遺体を縫合しながらほっとした表情で言葉を返す。大学で解剖をこなしてからの参加だけに、さすがに少し疲れた顔をしている。

伊月は、ミチルの解剖台から使った器具を集め、シンクで洗い始めた。その背中に、龍村が声を掛ける。

「悪いが、あの赤ん坊の所轄に電話を入れてくれないか。書類のほうはどうなっているんだと」

「あ、わかりました」

伊月は洗い掛けの道具をそのままに、血液で汚れたゴム引きの前掛けを綺麗に洗い流した。ミチルに前掛けを返したので、今彼が身につけているのは、名前も知らない非常勤監察医のものである。汚れを残して返すわけにはいかない。

前掛けを拭き、長靴についた血液の汚れも洗い流し、手袋とアームカバーもすべて外してから、伊月は解剖室を出た。解剖室から一歩出れば、そこは一般社会だ。一滴の血液も見せるわけにはいかない。

ちょうど伊月が廊下に出たとき、通用口から、さっき赤ん坊の解剖のときに立ち会っていた警察官が顔を出した。よほど忙しかったのか、肝臓の悪そうな黄色い顔は汗ばみ、白髪まじりの頭もボサボサに乱れている。

「あ、先生。すんません。新しい令状、届きました。今、ようやくあの赤ん坊のご家族をこっちにお連れしたんですわ。ここの二階の控え室で、話聞かせてもらおうと思いまして」

「……えらく時間がかかったんですね」

「はあ。ちょっと二人とも急なことやったんで、親戚に知らせたり、職場に連絡したりで家を空けてはりましてね。なかなか居場所が摑めんかったんです。それでまた、何で司法解剖に切り替えるとか、そういう説明で手間取りまして。まだ犯罪と決まったわけやないんですけど、やっぱり親御さんにしてみたら、えらい不名誉やしショックやし、取り乱してはりましてね。それやったら、せめて赤ん坊のご遺体の近くでお話ししましょう言うて、ようよう宥めてここまで来てもろたんですわ。……先生方が解剖してはる間、上で同僚がご家族から話聞きますんで」

「はあ」

伊月が同情的な眼差しで警察官を見たとき、背後の鉄製の扉が再び開き、もう一人の警察官が顔を出した。伊月に軽く礼をしてから、同僚に背後から声を掛ける。

「ほな、親子三人、上の部屋に通すわな。……せやけど子供さんも一緒でええんかな」

「うーん……そうやなあ。アレやったら車の中におらしとってもええけど」

(子供も一緒なのか……！)

伊月は咄嗟に声を張り上げた。

「あ、あの！」

「はい、何ですか、先生」

「その子供、俺がしばらく面倒みましょうか？」

「はあ？」

思いもよらない伊月の申し出に、二人の警察官は顔を見合わせ、素直に困惑と遠慮を口にした。

「せやけど先生、そんな子守なんか……」

伊月は、解剖室の扉をチラリと見遣り、頭に被っていた帽子をむしり取った。

「解剖は、龍村先生と伏野先生がいりゃ、俺みたいな下っ端の出番はないし、朝から立ちんぼでそろそろ休憩したいし。子供は監察医務室に連れてって、ジュースでも飲ませてテレビ見せときますよ。そのほうが、両親から話を聞きやすいでしょ」

立ち会い警察官のほうが、しばらく迷った末、伊月の顔色を窺うように念を押す。

「ホンマによろしいんですか、先生。そないしてもろたら、僕らもちょっと込み入ったことがご両親に訊けて、助かるんですけど」

もうひとりの警察官も、こくこくと頷く。

伊月は、自分がこれからしようとしていることを思い、みずから申し出たことへの返事を一瞬躊躇った。

(俺は……本当にそんなことがしたいのか？)

思わず自分に問いかける。だが伊月は、それが「真実らしきものに気付いてしまった」自分がすべきことだと、心のどこかで感じていた。

(どうすりゃいいのかわからねえけど……俺が、きちんと筋通してやらなきゃいけないんだ。たぶん)

伊月は、震えそうになる拳をギュッと握り締め、笑顔を作って頷いた。

「まかしといてください。これでも、ガキのあしらいは得意なんです」

それを聞いて、二人の警察官は明らかにほっとした顔をした。赤ん坊の両親を宥めすかすのに精一杯で、子供の処遇など、ここに来るまで考えもしなかったのだろう。

「ほな先生、すぐ連れてきます。ああ、これ今届いた令状ですわ。これで、司法解剖のほう、準備は整いました」

後から来た警察官が、茶封筒を差し出す。

「わかりました。じゃ、ガキ……じゃなくて子供は、監察医務室のほうへ連れてきてください。俺も書類渡したら、すぐそっちへ行きますから」

そう言い置いて、伊月はいったん解剖室へ引き返した。ミチルは縫合を終え、遺体をきれいに洗い流して拭きあげる作業にかかっていた。おそらく、それを葬儀屋に引き渡したあとで、台を清潔にし、あの赤ん坊の遺体を置くのだろう。

龍村も、遺体の縫合を始めようとしているところだった。

「令状届きました。いつでも司法解剖に取りかかってオッケーだそうです」

「そうか」

龍村は頷き、伊月に何か指示しようとした。だがそれより早く伊月は少し声を張り上げて言った。

「俺、ちょっと医務室に行って来ていいですか。ガキの子守をしたいんですけど」

「ガキだと？」

龍村は厳つい目を細くして伊月を睨む。その間も、彼のごつい指は、動きを止めない。ミチルも、向こう側から声を掛けた。

「ホント、いつからそこまで子供好きになったのかしら、伊月君」

それにには取り合わず、伊月は真面目な顔で龍村に頭を下げた。

「あの赤ん坊の家族が……両親と、息子が来てるんです。俺、息子と……その、話をしなきゃいけないと思うんです。解剖放り出しちまうのは悪いんですけど……」

龍村は、曲がった太い縫合針に縫合糸を引っかけながら、短く訊ねた。

「何故、お前が？」

伊月も正直に答える。

「わかりません。……たぶん、俺が赤ん坊の頸部の損傷に気付いちまったからです。

勿論、開けりゃ、あれだけの出血があったんだから、龍村先生だってミチルさんだって、おかしいと思っただろうと思いますけど……それでも、俺が」

「わかった」

皆まで聞かず、龍村は小さく頷いた。角張った顎で、準備室を指す。

「行ってこい。ただし、刑事の真似事をするなら、すべてお前の責任でやれ。軽々しく子供の人生を踏みつけにするんじゃないぞ」

「……わかってます」

龍村は少し考え、それからこう付け足した。

「少なくとも僕は、これからお前がやることを支持しよう」

伊月は無言で頭を下げると、龍村とミチルに背を向け、解剖準備室に入った。上っ張りと解剖着を脱ぎ捨て、ケーシー姿に戻る。乱れた髪をきっちり結び直しながら、伊月は鏡を覗き込んだ。

情け容赦のない銀色の鏡は、戸惑いと恐れに満ちた自分の顔を、伊月に見せつける。

「しっかりしろよ、俺」

伊月は、両手でバシッと自分の頬を叩き、気合を入れてから、鏡に背を向けた。

伊月が監察医務室に戻ってほどなく、警察官がひとりの少年を連れてきた。

身長は、百十センチ前後だろうか。髪を坊ちゃん刈りにした、やけに神経質そうな少女めいた顔の男の子である。

警察官は、伊月に頭を下げると、少年を伊月のほうへ押しやった。

「ほな先生、すいませんけどしばらくお願いします。一段落したら、様子見に来ますし。……こちら、ここの先生や。ええ子にしててや」

少年は、上目遣いに伊月を見た。その、人の顔色を窺うような目つきに、伊月は軽い不快感を覚えつつも、できる限り朗らかに声を掛けた。

「あんまり居心地のいいところじゃねえけど、それなりに広いのが取り柄なんだ、ここは」

だが、少年はじっと押し黙って、伊月の顔をまじまじと見ている。どうやらずっとその状態だったらしく、警察官はいかにもほっとした様子で、そそくさと部屋を出て行ってしまった。

「まあ、奥に入れよ」

伊月は少年の細い肩に手を掛け、軽く抱くようにして奥の部屋に導いた。ソファーに少年を座らせ、テーブルの上に散乱したままのおにぎりや飲み物の残骸を手早く片づける。

少年は、ソファーの隅っこに浅く座り、肘掛けに縋《すが》るようにして、じっとしていた。

「……落ち着け。よく考えろよ、俺」

伊月は冷蔵庫から飲み物を引っ張り出しながら、小声で呟いた。それからオレンジジュースの缶を出して少年の前に置き、そして彼の隣にドスンと腰を下ろした。少年は迷惑そうに身じろぎし、さらに隅っこに寄ろうとしたが、その余地はない。

ただ体を硬くして、居心地悪そうに座っている少年の横顔は、七歳という年齢相応に幼くて、それでもどこか老けて見える。

伊月は、じっと床に視線を据え、自分のほうを見なくなった少年の横顔を見つめた。そして一つ深呼吸をしてから、こう言った。

「そんなにガチガチに緊張しなくていい。飲めよ、オレンジジュース。どうせ、お前の飲み物のことまで、親御さんは気が回らなかったろ。……腹減ってるなら、おにぎり食うか？」

少年は、俯いたままわずかにかぶりを振る。伊月は気を悪くした様子もなく、こう続けた。

「だったら、ここで少しだけ、俺と男同士の話をしねえか。七歳だって、立派な男だろ。違うか？」

「…………」

少年はそこで初めて反応を示した。ゆっくりと首を巡らせ、横目で伊月を見る。だが、目が合う前に、彼は慌てて視線を逸らした。その明らかに何かに怯える仕草を、伊月は見逃さなかった。彼は、胸の中の確信をさらに大きなものにしながら、必死で正しい言葉を選ぼうとしていた。

「名前、何てえんだ？　俺は伊月。伊月崇ってんだけど」

伊月は、書類を見て知っていたにもかかわらず、少年の名を訊ねた。それは、自分が名乗るためでもあった。

「……俊介《しゅんすけ》」

蚊の鳴くような声で、少年は答えた。まだ声変わりしていない、独特の高い声だった。

「俊介か。よろしくな。……それにしてもシケたツラだな。まだ赤ん坊の妹が死んだんだ。嬉しいわけねえよな。悲しいか？」

少年は答えなかった。だが、伊月は背もたれに深くもたれ、少年の柔らかそうな髪の毛や、いかにも子供らしいつむじの辺りを見ながら、じっと待った。

先に長すぎる沈黙に耐えかねたのは、俊介少年のほうだった。彼はどこか苛ついた口調で、叩きつけるように言った。

「か……悲しくないわけないやん。香奈《かな》は妹やねんし！」

伊月は、両手の指を緩く組み、腹の上に置いて、目の前にズラリと並ぶクリーム色の書類棚を見ながら、香奈、と死んだ赤ん坊の名前を転がしてみた。

少年の肩が、ビクリと震える。伊月は、言葉の一つ一つが、少年の心と同じだけ自分の胸をも切り裂いていくような気分を味わいつつ、ゆっくりとこう問いかけた。

「けど、悲しむくらいなら、どうしてあんなことしたんだ？」

今度は、俊介少年の全身が大きく震えた。それはまるで、ソファーから半分飛び上がったようにすら見えた。腿《もも》の上に置いた拳が、ブルブルと震えている。

「僕……何も……」

声も、今にも泣き出しそうにわなないていた。それきり何も言えない少年の頭に、伊月はそっと手のひらを置いた。

「俊介。そう呼んでもいいか」

返事はないが、小さな頭がこくりと頷いた。止まらない震えが、手のひらを通じて伊月にも伝わる。

「俊介。俺さ、法医学の医者なんだ。わかるか？　生きた人間を診ない医者だ。俺の患者は、死んだ人ばっかりなんだ」

死んだ、という言葉に、俊介少年は反応した。それでも、それを伊月に悟られまいと、ギュッと目を閉じる。そんな少年の頑なな態度の理由を、伊月は今、ハッキリと悟っていた。

「香奈ちゃん……お前の妹さんは、今、解剖されてる。解剖って言葉の意味はわかるか？　体の外からも中からもよく見て、その人がどうして死んだか、調べることだ」

伊月の手は、少年のまっすぐな髪を撫で下ろし、そして、少年の握り締めた小さな右の拳に、上から包み込むように触れた。頭は温かかったのに、少年の手は、氷のように冷たく、そして伊月の温かな手の中で、まるでそれが彼の心そのものであるかのように、細かく震えていた。

「俺も、何時間か前に、香奈ちゃんの顔を見た。眠ってるみたいに、安らかな死に顔だった。……でも……」

伊月は少年の手を取り、血が滲みそうなほど握り締めたその小さな拳を、自分の指に力を込めて、少しずつ開かせた。無言の攻防戦の末、少年は諦めたように力を抜く。五本の指が、まだほんの少しの緊張を残して伸ばされる。

その手のひらを見つめながら、その指先の大きさや指の長さを目で測りながら、伊月は、声の調子を強くして言った。そうしないと、自分の声も震えてしまいそうだった。

「法医学者ってのは嫌な商売でさ。目が勝手に探しちまうんだよ。遺体のどっかに不自然な所見……ええと、傷とかはないかってな」

「……………」

「お前の妹の体にも、見えないくらい薄い痣があった。痣っていうより、ちょっと薄赤くなってるくらいだ。首の右側に一つ、左側に二つ、どっちも小さな丸っこい痣だった。最初は何だかわからなかったよ。……でも、気がついた」

伊月は俊介少年の右手の親指と人差し指の間を少し開かせ、そして人差し指から小指までをひとまとめにしてみせた。そしてゆっくりと身を屈め、その手を自分の首に正面から当ててさせた。

「……ぁ……」

少年の喉から、掠れた喘ぎが漏れた。酸欠の金魚のような呼吸をしながら、彼は必死で伊月の首から手を引こうともがく。しかし伊月は、折れそうに細い手首をがっしり摑んで、それを許さないまま言葉を継いだ。

「あれは、指の痕だった。誰かが、あの赤ん坊の首を手で絞めたんだ。こんなふうにさ」

ガチガチ……と嫌な音が響いた。少年の食いしばった歯が鳴っているのだと気付いた伊月は、少年の顔をじっと見つめた。

「それも、大人の手じゃなかった。もっと小さな、もっと弱々しい手の痕だった。……今、俺の首に当たってる、お前の手みたいにさ」

少年は激しく喘ぎながら、激しく首を振った。

「……ぼ、ぼく……ちが、違うも」

「違わねえんだろ。……どうしてこんなことをした？　どうして、妹の首を絞めたりしたんだよ、お前」

「僕、そ……そんなことしてへ……」

「男同士の話に、嘘はなしにしようや。俺だって、心臓バクバク言ってんだ。お前が思ってるより、こんな話するのはきついもんなんだぜ」

「……僕……」

少年の目に、みるみる涙が溢れる。伊月はずっと鷲掴みにしていた少年の手を、やっと解放した。その手は、バタリと力無くソファーに落ちる。

伊月はもう一度その手を取り、今度は自分の両手で挟み込むようにしてやった。

「何で、あんなことしちまったんだ。妹が嫌いだったのか？」

少年は俯き、小さくかぶりを振った。頬を流れた涙が、革張りのソファーに水たまりを作る。

「じゃあ、何でだよ」

しばらく歯を食いしばってしゃくり上げていた少年は、やがて舌っ足らずな口調でボソリと言った。

「だって、僕だけ仲間はずれやもん……」

「仲間はずれ？」

「今のお父さん、僕のホンマのお父さんと違うねん。けど、香奈のホンマのお父さんやねん」

伊月は、ただ頷いて先を促す。

「香奈生まれてから、お父さんもお母さんも、香奈ばっかりやねん。僕のことなんか、香奈のおまけか、それか全然忘れてしもてるみたいやってん」

嗚咽の合間に、少年は必死で訴える。伊月は、呆れたように言った。

「そりゃお前、赤ん坊は手が掛かるもんだから、仕方ねえだろ」

「けど……」

少年はキッと目を上げた。そのずっと気弱だった目に宿るほんの少しの暗い怒りの色に、伊月は腕がゾッと粟立つのを感じた。

「僕、いてへんかってもええやん。香奈おったら、僕おらんかってもええやん！」

「おま……何言って……」

「だって、お父さんかてホンマの子供のほうが好きに決まってるやん。お母さんは、僕のホンマのお父さんが嫌いになったから別れて、そんで今のお父さんと結婚したんやんか。せやったら、今のお父さんの子供のほうが、可愛いに決まってるやん」

「そ……そういう単純なもんじゃ」

「香奈が生まれるまでは、お父さん僕と遊んでくれたりしたけど……もう、香奈しか見てへんもん。僕なんか、もう要らんねん」

伊月は、やけにカラカラの喉に生唾を流し込み、低い声で訊ねた。

「だから、妹の首絞めたのか？　妹、殺したのか？　妹さえいなくなれば、また両親の目が、お前に向くと思ったのか？」

「…………」

少年は、ボロボロ涙を零しながら、それでも必死に首を横に振る。

「答えろよ。そうなのか、俊介」

伊月は、かぶりを振るばかりの少年の両肩を掴み、揺さぶった。

「違うってんなら、ちゃんと俺の目を見て答えろ。男同士だろ。嘘つかずに、ちゃんと言ってくれよ。……な？」

それでもしばらく首を振って泣き続けていた俊介少年は、やがて、ほんの少し落ち着きを取り戻したのか、切れ切れに告白の言葉を吐き出し始めた。

「あんな。ベッドで寝てる香奈みたら、すごい腹立ってん。お前ばっかし可愛がられて、って思てん。だから、ちょっとだけいじめたろて」

「虐める……？」

「泣かしたろって思って。そしたら、居眠りしてるお父さんも起こされるし、洗濯もん干してるお母さんも降りてこなアカンやん？」

「お前をほったらかしにしてる両親と、両親を独り占めしてる妹に、嫌がらせをするつもりだったんだな？」

探るような伊月の言葉に、俊介少年は、ゴシゴシと涙を拭いながら頷いた。

「けど、ちょっと手とかつねっても、全然、香奈起きへんかって……ムカツクし、僕……」

それで俊介は、ちょっと赤ん坊の首を押さえて、息苦しくしてやろうと思いついたのだと語った。

「ドラマでようあるやん。何か首絞められて、しばらくして離れて、ゲホゲホって……。ああなるって思たのに、何か香奈、違ってん……喉、ぎゅって押さえても、ちょっと変な声出しただけで、全然泣かへんねん」

少年は、必死の面持ちでそう言い、伊月の手をギュッと握った。

「ホンマやで。少しだけ力入れて、押さえただけやねん。それもちょっとの間だけやってん。それやのに……急に息止まってしもて……そんで僕、そんで……ビックリ、して……」

「それで、慌ててお母さんを呼びにいったのか」

コクリと小さな頭が上下する。伊月は嘆息した。どれだけ深い息を吐いても、胸を塞ぐ澱みのようなものは、消え去らなかった。

「どうして、本当のことを話さなかった？」

「……そんなん……言われへんやん」

「……言えねえよな」

伊月は、そっと少年の頭を引き寄せる。少年は、伊月にギュッと抱きついて、声を上げて泣き出した。伊月は、慣れない手つきで、少年の頭を撫でてやる。一人っ子の伊月には、子供の扱いが今ひとつわからない。こんなふうに抱きしめて頭を撫でてやる以外に、彼は泣く子を慰める方法を知らなかったのだ。

「言えねえよな。それこそご両親も警察官も、お前に構うどころの騒ぎじゃなかったんだろ。……それに……怖かったんだろ？」

伊月の薄青いケーシーに頬を押しつけ、少年は泣きながら頷いた。伊月は躊躇いつつも、そっと言った。

「けどお前、言わなきゃ駄目だぞ。もう一時間もすりゃ、妹の解剖が終わる。そしたら、今解剖してる先生は、あれがお前の仕業だっていう証拠を、警察の人に見せなきゃならないんだ」

「……いやや……」

少年の体は、瘧《おこり》のように激しく震えている。それでも伊月は、小さな背中を撫でてやりながら、話を続けた。

「なあ。どうして俺が、お前とこんなふうに二人で話してるのか、わかるか？　俺、お前に自分で言ってほしいんだ。警察に問いつめられて白状するなんて、嫌だろ。自分のしたことは、自分で言うのが男だろ。それとも、バレなきゃ一生黙ってるつもりだったのか？」

「だ……だって……タイホとか……牢屋いれられるん違うん？」

伊月は、自分も泣きたいような気分で、それでも優しく言った。

「俺にもわかんねえよ、そんなことは。けど、間違ったことしたときは、罰を受けるのが当たり前だろ？」

「けど……」

伊月のケーシーの胸元を両手でギュッと摑んで、少年は泣きながら何度も訴えた。

わざとじゃない、そんなつもりだったんじゃない……と。

「妹が嫌いだったわけじゃないんだよな。不安だっただけなんだよな？　だったら余計に、正直に話さなきゃ駄目だ」

「けど、そんなん言ったら、僕、ホンマに要らん子になる」

「ならねえよ、ばーか」

伊月は、少年の頭を自分から引き離し、泣き濡れた顔を近くで見つめながら、無理に笑った。

「お前、こんなにちっこいのに、こんなすげえピンチで……きついとは思うけどさ。けど、こんなこと、一生秘密にしてるほうが、うんときつい。お前、妹を殺しちまったと思って、ずっと苦しんで生きてくの嫌だろ？」

少し考えて、少年はコクリと頷く。滑らかな頰に流れる涙を親指の腹でゴシゴシと拭ってやりながら、伊月はこう言った。

「なあ。『死体は語る』なーんて気障なこと言った法医学者もいるけどさ。俺の師匠も、けっこう気取ったこと言うんだ。『隻手の声』って知ってつか？　……知らねえよな。俺も知らなかった。隻手の声ってのは、片手で立てる音のことなんだってさ」

「片手で……どうやって」

「だろ。俺もそう思ったさ。両方の手のひらを合わせりゃでっかい音が出るけど、片方の手のひらいくら振り回したって、何の音もしない。……けど、心の耳でその音が聞けなきゃいけないんだって」

「心の……耳？」

「ああ。たぶん……法医学の医者はさ、もう喋れない死んだ人の声を聞いてやるのが仕事なんだ。その声は、傷だったり病気だったり汚れだったり、とにかく言葉じゃないいろんなものなんだけどさ」

少年は、あとからあとから溢れる涙で伊月の指を濡らしながら、細い声で訊ねた。

「じゃあ……香奈の声も聞いたん？」

伊月は頷く。

「ああ。お前の妹の声は、きっとあの首の痣だったんだよ」

「僕に殺されたんやーて言うてたん……？」

「違《ちげ》ぇよ。そうじゃなくてな、お前が重すぎる秘密を抱えて、この先ひとりぼっちで苦しまずにすむように、妹は俺にお前を助けてやってくれって言ったんだ」

「…………」

「ホントは、妹のこと、可愛いと思ってたか？　ちょっとムカツクし妬けるけど、可愛いと思ってたか？」

「……うん」

「妹も、きっとお前のこと好きだったよ。俺はそう思う。……わかるだろ、俺の言うこと」

俊介少年は、ぐずぐずと泣きながらも、こくりと頷く。よし、と言って、伊月はテーブルの上のティッシュで、少年の洟《はな》をかませてやり、そして言った。

「だったら、行こう。ちゃんとお父さんとお母さんに、自分のしちまったことを話すんだ。それを手伝ってやってくれって、俺はお前の妹に頼まれたと思ってる」

「手伝って……くれるん？」

少年は縋るような目をした。だが、伊月はキッパリとこう言った。

「そのほうが勇気が出るって言うんなら、一緒にいてやる。けど、話すのはお前自身だぞ。自分で言えなきゃ駄目だ。つらいだろうけどさ」

　恐怖と後悔に震える少年の瞳から目を逸らさず、伊月は重ねて言った。

「俺が一緒にいてやる。お前がちゃんと喋り終わるまで、俺がお前のこと、守っててやるから」

「……うん」

　少年が頷いたので、伊月はソファーから立ち上がり、少年の手を取って立たせた。

「男を見せろよ。……な？」

　唇をギュッと結び、さっきより大きく頷いた少年の手を引き、伊月は監察医務室を出た……。

＊　　＊

　結局、俊介少年は、長い長い告白の後、混乱の極みに達した両親と共に、警察官に所轄署へと連れていかれた。

　泣きながら、それでも少年は、自分で自分の犯した罪を、両親と警察官に打ち明けてみせた。そしてその間、彼はずっと伊月の手を固く握りしめていた。パトカーに乗り込む寸前まで、少年は伊月の手を離さなかった。

パトカーを見送った伊月は、半ば放心状態で、フラフラと監察医務室に戻ってきた。

部屋の隙間から灯りが漏れているのに気付き、伊月はふと足を止めた。すべての解剖が終了してから、もう二時間は経っているだろう。龍村もミチルも、とっくに帰ったはずだと彼は思っていたのだ。

伊月が注意深く扉を開けると、事務員の田中の席に、ミチルがいた。どうやら、今日の書類を整理していたらしい。

「ミチルさん……」

「あ、お疲れ」

そう言って、ミチルはいつもよりうんとくたびれた笑顔を見せた。伊月は、呆気にとられた顔のまま、時計を見る。時刻はもう、午後十一時を過ぎていた。

「もしかして、待っててくれたんですか」

ミチルは、照れ臭そうに肩を竦める。

「だって、伊月君、この部屋の鍵持ってないじゃない。戸締まり、誰がするのよ。龍村君はね、友達と約束があるからって飛んでいったわ。あんたに、よくお礼を言っておいてくれって」

伊月はちょっと笑って頷き、そのまま奥の部屋へ行った。死臭の染みついたケーシーを脱ぎ捨て、煙草とアルコールの臭いが残る私服に着替える。

向こうの部屋から、ミチルの声が伊月の耳に届いた。

「龍村君から、あらかた話は聞いたわ。……あの子、どうなった？」

「頑張りましたよ、あいつ。ちゃんと全部正直に話しました。両親は大パニックですけどね」

「そうでしょうね……。所轄署は？」

「同じく大パニック。七歳の兄貴が、六ヵ月の妹を絞め殺したなんて事件、前例がないですからね。けど、途中で解剖終わらせた龍村先生がちょっと顔出してくれて、助かったな」

「龍村君は、死因を何て説明したの？」

「ええと……直接死因は、窒息っていうよりも、頸部圧迫による神経反射で心停止が起こったと考えたほうがよさそうだ、って」

「やっぱり。二人で解剖しながら、どうもそういう印象を受けるなって話してたのよ。……それで？」

「『扼頸』っていう事実は変わらなくても、窒息するほどぎゅうぎゅう絞めまくってたわけじゃなくて、本人が言うとおり、少し強く押さえただけ、それも短い時間だって言い分が支持されたわけでしょう。俺、ちょっとだけホッとしましたよ」

「所轄も少し安心したでしょうよ。まったくの殺人というよりは、過失の色合いが強くなるものね」

「まあ、ぶっちゃけて本心を言えば、そういうことになるんでしょうね。とにかく、県警本部と所轄署が、これから緊急会議を開いて対応を検討する予定だそうで。親子三人、また署に連れていかれましたよ」

「そっか……。ここから先は、それこそ警察と家庭の問題になっちゃうけど……つらいわね」

「ん……俺、間違ったことはしてないと思うんですけど、それでも号泣してる母親とか、呆然としてる父親とか見てると、何かもう……たまんなかったっすよ」

「わかるわ。でも私は、伊月君の行動は正しかったと思うわよ。いったん罪を犯してしまった以上、自分からそれを正直に打ち明けて、償いをする……それ以外、できることはないんだもの。大人でも子供でもね。龍村君も、伊月君のこと、見直したって言ってたわ」

そう言いながら、着替えの終わった頃を見計らって奥の部屋にやってきたミチルは、伊月がテーブルにノートパソコンを出しているのを見て、顔を顰めた。

「何してるの？　まだ帰らないつもり？」

伊月は、パソコンを立ち上げながら頷いた。

「すいません。もうちょっとだけ、待っててもらえませんか。俺、どうしてもブルーズに会いたいんです。あいつのこと、急に心配になって。話したくなった」

「ああ……そう言えば、その子も、お母さんとその彼氏と半分一緒に暮らしてるんだっけ」

伊月は頷き、ＡＷにログインした。画面に、アランデルの町が現れる。

町は、週末ということもあってか大盛況で、どこもかしこもドールで溢れかえっている。その中でも、銀行の前にひときわ凄まじい人だかりが出来ているのに気付いた伊月は、スカーをそこへ行かせてみた。

何やら、銀色に光る鎧で武装した騎士や、長いローブをまとった魔法使いたちが、何十人と集い、気勢を上げている。

『……何かあったんですか？』

近くにいる茶色のローブ姿のドールに訊ねると、そのドールはこう答えた。

『今さ、東の山のドラゴン討伐作戦が終わったばっかなんだ』

『ドラゴン……討伐作戦？　って、竜を？　でかいんだろうなあ、竜って』

『見たことないのか。でかいよ。強いし。だから、たくさんのプレイヤーが集まって、よってたかって二時間くらいかけて、やっと倒せたんだ』

『これでも、参加者の半分くらいは死んだんだぜ』

『そうそう。一時はどうなることかと思ったよな。魔法使いチームが回復魔法で頑張ってくれたから、戦士チームも持ち直せたんだ』

『いやあ、やっぱ戦士のみんなが強かったからだよ』

興奮さめやらぬ様子で、周囲のドールたちも口々に語る。伊月は、戸惑いに首を傾げつつも、彼らに訊ねてみた。

『そういう作戦って、いつ始まるとか、誰がやるとか、どうやって知るんですか？』

『銀行のイベント掲示板に、書き込んであるだろ。見たことないのかよ。ほら、あんたの後ろ』

見れば、銀行の壁の一角に、装飾的な板のようなものが埋め込んである。伊月はその前に行き、板をダブルクリックしてみた。なるほど、小さなウインドウが開き、そこに今、プレイヤー主催で計画された数々のイベントが書き込まれている。

「バザー、魚釣り、トカゲ狩り……？　何かすげえのもあるな。……ああ、これか」

イベントを一つ一つ見ていった伊月は、その中の一つに、今回のものらしきドラゴン討伐作戦の書き込みを見つけた。文字を目で追っていた伊月は、ハッとした。三時間前に開始されたその作戦の主催者の名は……。

「……あいつか」

伊月はハッと画面の左側に視線を滑らせた。作戦の参加者は、てんでばらばらに成功を喜び合いながら解散していく。そのばらけつつある人混みの中心部に、あのブルーズがいた。作戦の参加者たちから口々に挨拶を受け、何度もあの優雅な礼を繰り返している、金髪の女魔術師。

最後の参加者が去ったのを見計らい、伊月はスカーをブルーズに歩み寄らせた。

『よう。作戦の首謀者さん』

声を掛けると、スカーに気付いたブルーズは、やはり腰を屈めて一礼し、そして言った。

『あれ、スカー。まさか、参加してたの？』

『まさか。俺はへっぽこ剣士だぜ。ドラゴンどころか、トカゲ男にも五分の勝率ってとこだ』

『そうだったね。……ねえ、しばらくぶりだったけど、どうしてた？』

『それは俺の台詞だろ。ったく、ここしばらく来ないと思ったら、こんなイベント計画してるしさ。俺に会うのが嫌になったのか？　あんまりうるさくあれこれ言うから』

伊月は少し恨みがましい台詞を投げかけた。彼は、ここ五日ほど姿を見せないブルーズを案じて、暇を見つけてはゲームにアクセスしていたのだ。それを、こんなイベントを呑気に主催して楽しげにしているのを見てしまっては、恨み言の一つも言いたくなる。

だがブルーズは、悪びれず言葉を返してきた。

『私も、昨日の夕方、やっとゲームに戻ってこられたんだ。それで、気晴らしにイベントやったの。たくさん参加してくれて、凄く楽しかった。スカーも、もうちょっと強かったら、一緒に楽しめたのにね。今の腕じゃ、ちょっと死んじゃう』

『ちぇっ。どうせな』

『ねえ、ついてきて』

ブルーズはそう言うなり、椅子から立ち上がり、スタスタと歩き出した。人混みに紛れて、その姿はともすれば見えなくなってしまう。

「うわ、いきなり何だこいつ」

伊月は慌ててスカーに後を追わせた。ミチルも、「あー、そっちそっち。行っちゃうわよ」と声を上げながら、画面を指さす。

ブルーズは、いつもの森とは反対側の、寂れた岩山のほうへと歩いていく。二人はとうとう、町外れの墓地へとやってきた。

殺風景な鉄柵に囲まれた、剝き出しの地面。そこには欧米風の背の低い墓石や十字架が、半分朽ちて並んでいる。

「うわ、お墓まであるんだ……」

「ほんと、ないものがないっすね、このゲーム」

ミチルは伊月の脇から画面を覗き込み、目を丸くする。伊月も呆れ顔で頷いた。

『どうしたんだよ、こんなとこ連れてきて。何かあったのか？』

短い沈黙の後、簡潔な答えが返ってきた。

『赤ちゃん』

「……は？」

何か問題があるとすれば、家庭での……例の母親の恋人に関係しているのだろうと思っていた。だが、さっきまで一緒にいた俊介少年を思わせる言葉に、伊月の思考は凍りつく。

『あのね、ママに赤ちゃんできたの。それでね、ママ、ちょっと調子悪くて、家で寝てたんだ。それで、私もちょっとゲームから離れてた』

『だ、大丈夫なのかよ。お母さん』

『うん、もう平気。昨日から仕事に戻った。つわりなんだって。一日中吐いてて大変そうだったよ』

伊月は困惑しつつ、再び鈍く痛み始めた頭を片手で叩いた。

『その……なんだ、こんなこと訊いていいのかどうかわかんないけど、赤ん坊の父親は』

『ママの彼氏。決まってるじゃん。ママ、お水の仕事をやってるけど、すごくマジメなんだよ』

『そっか……』

『ママね、あの人と再婚するんだって。三度目の正直になるといいな』

ブルーズは墓石の間でクルリと回り、そしてこう言った。

『だからね。お別れなんだ、スカー』

『お別れ？』

伊月はミチルと顔を見合わせる。

『うん。ママ、仕事お休みしてたから、ホント久しぶりで、いっぱい話をしたの。ママがね……離婚してから、ずっと仕事とか恋とか、いっぱい考えることがあって、いつもイライラしてて、あんまり構ってあげられなくてごめんねって』

『そっか。よかったな。それじゃ、もしかして彼氏のこと、話せたのか？』

『うん。あの人のお酒のこと、思い切って話した。ママ具合悪いのに、悪いかなって思ったけど……ちゃんと聞いてくれた』

『そっか……』

『ママがね、じゃああの人のこと嫌い？　兄弟ができるの嬉しくない？　って訊くから、そうじゃないよって』

『殴られたのに？』

『だって、それは私が嫌いとかじゃなくて病気なんだって、スカーがそう教えてくれたんじゃん。お酒飲んだら、わけわかんなくなって凶暴になっちゃう、そういう病気なんでしょ？』

「伊月君、偉い！　私の教えたこと、早速活かしてるじゃない」

ミチルはニッと笑って、伊月の頭をポンポンと叩く。子供扱いされて膨れっ面をしつつ、伊月は素早くキーを叩いた。

『たぶんな。医者に診せなきゃわかんねえけど』

『ママにもそれ教えてあげたの。ママ、あの人と話し合ったみたい。二人で病院に行ってきたんだって』

伊月はホッと胸を撫で下ろした。だが、さっきから抱いている大きな不安は、まだ伊月の胸に渦巻いている。彼は思いきって、こう訊ねてみた。

『けど、弟か妹ができるのは……嬉しいか？』

『嬉しいよ！』

力強い答えが返ってきて、ミチルと伊月はまた同時に顔を見合わせる。

ブルーズは、平たい墓石の上にヒョイと腰掛け、こう言った。

『今日、ママが仕事行く前に、ママとあの人と初めて三人で、外食したんだ。ファミレスで、いっぱいご飯食べたの。そこで、お話をしたんだ』

『三人で？　赤ん坊の話をか？』

『うん。これまでずっとね、ママがどんな人とつきあっても、私にとっては、「ママと私」プラス「ママの彼氏」だったのね。今のあの人とも、これまでずっとそうだったの。でも、赤ちゃんが出来て、違ってくるねって』

『どう違ってくる？』

『ん……。だって、ママと私、ママと赤ちゃん、赤ちゃんとあの人、私と赤ちゃんってふうに、血が繋がってるわけでしょ?』

『うん。それが?』

『面白いねって言ったの。赤ちゃんが出来たら、ママと私と赤ちゃんとあの人、ぐるぐる回って、どっかで血が繋がってるどうしになるんだねって』

「……なるほど」

指を折って考えつつ、ミチルが感心したように唸る。伊月は、思いもよらない考えを教えられ、ただ呆然と画面に見入るばかりである。

『何かさ、赤ちゃんて凄いよね。赤ちゃんが、これまでバラバラだった私たち三人を、一つに結んでくれるみたいだよねって思ったの。ママも笑って、みんなで幸せになりたいよねって。だから、私とあの人に仲良くなってほしいんだって言ったの』

『で、そいつ、何て言ってたんだ? あんたは何て?』

『あの人は、お医者さんの言うとおり、お酒をやめる訓練するんだって。仕事も探すって。上手くいくかどうかわかんないけど、頑張るって言ってた。私も、もっとあの人と話をしようって思うの。いきなり仲良しになれって言われても無理だけどさ。もっといろんな話ができるようになれたらいいなって』

『……そうだな』

『赤ちゃん生まれてくるまでに、あと半年以上もあるんだもん。それまでに、あの人のこと、「あの人」じゃなくて、パパって呼べるようになってればいいと思うんだ。そんなに上手くいくわけないって思う？』

『上手くいくさ。……あんた、偉いよ。マジ偉いよ』

伊月は、心からの賛辞を見知らぬ少女に贈った。

「俊介も……そんなふうに考えてくれりゃよかったのにな」

思わず、そんな呟きが漏れてしまう。そんな伊月に、ミチルはこう言った。

「ねえ。それはいいけど、どうして『お別れ』なの？」

「そういやそうですよね」

伊月はキーボードに指を走らせる。二人とも、もうすぐ日付が変わろうとしていることなど、すっかり忘れていた。

『それで？　何でお別れなんだ？　引っ越しでもするのか？』

『違うよ。だってさ、弟か妹ができるのに、お姉さんの私が保健室登校じゃカッコ悪いじゃん』

『じゃあ、やめるのか、保健室にこもるの。教室行くのか？』

『うん。怖いけど、頑張ってみようと思う。頑張る勇気がほしくて、今日、ドラゴン討伐作戦、やってみたの。私の呼びかけに、どのくらいの人が集まってくれるのか、知りたかったの』

『たくさん来てたみたいじゃん。みんな楽しそうだったぜ』

『うん。凄く嬉しかった。なんか、勇気もらった気がしたよ。私、やれるよね。リアルでも頑張れるよね』

伊月は、我知らず微笑して頷いていた。

『やれるさ。ネットで無敵の魔法使いだろ。現実世界でも、魔法使いで頑張れよ』

『現実世界の魔法って……？』

『自分に気合を入れる呪文を、自分で見つけりゃいいのさ。俺のは「こんちくしょう」だけどな。あんたは女の子だろ。もちょっとお上品な奴を、自分で探せよ』

『こんちくしょう、かあ。それいいな。自分のいちばんの呪文が見つかるまで、それ貸してよ、スカー』

『しょーがねえな。貸してやる。それであんた、もうきっぱりこのゲームやめちまうのか？』

ブルーズは、もう一度、墓石の上、スカーの隣に腰掛けて答えた。

『ＡＷ楽しいけど……楽しいから、やめるの。ネットもしばらくやめる。ＡＷやってた時間を、リアルで人と話す時間にするの。あの人とか、ママとか……もし友達ができたら友達、とか』

『できるさ、きっと。じゃあ、今日でお別れか。お互い顔も本名も知らないままじゃ、これで一生の別れになっちまうよな』

『わかんないよ。もしかしたら、凄く近くにいるのかもしれないじゃない、私たち。もう、知らずにすれ違ってるかもしれないし、将来、どっかですれ違うのかも』

『……あるいは、下手すりゃ知り合いだったりしてな』

『あははは。そうかも。どこかで会ったら、わかるかな。そんなわけないと思うけど、でも、スカーなら、私、気がつきそうな気がするよ』

『マジで？』

『うん。そんな気がする。ねえ、短い間だったけど、ありがと。スカーに話聞いてもらって、凄く元気出た。ホント楽しかったよ』

『俺も楽しかった。ってか、命の恩人だもんな。……元気で頑張れよ』

スカーは立ち上がる。ブルーズも立ち上がって、こう言った。

『あのさ。私の名前ってね、英語で書くと、“BRUISE”なんだ。スカーはお医者さんだから、わかるよね、意味』

「……何でしたっけ、ミチルさん」

伊月は思わず自分の二の腕に頭をくっつけてモニターを見ているミチルに訊ねた。

ミチルは、呆れ果てた顔で、伊月の額にデコピンをお見舞いする。

「あんた、小学生以下なわけ？　“BRUISE”っていえば、皮下出血のことじゃない」

「あ、そっか……。あー、ネットってこういうとき便利だぜ。こっちの会話が聞こえてねえもんな」

そううそぶいて、伊月はいかにも当然の知識のように答えを打ち込んだ。

『それって、青あざのこと、だよな』

『そう。さすがだよねー。ネットで会った日本語ばりばりのアメリカ人に教えてもらった名前なんだ』

『へえ……。随分、縁起悪い名前つけてたんだな、あんた』

『やなことばっかりあって、へこんでたから。いじめられて、殴られても、逃げてるだけの自分でも、AWの世界じゃ強くなってやるって、そう思ってたの。でも、ここでいくら強くなっても、ホントの私は、弱虫の嫌な子のままだった。……だから、ブルーズにさよならして、今度はリアルの私が強くなるんだ』

そう言って、ブルーズは、腰を屈め、スカーに最敬礼をしてみせた。それから、何か、長い長い呪文を詠唱した。そして最後に……。

『いつか、リアルで会えたらいいね、スカー。ばいばい』

そんなメッセージが出ると同時に、ブルーズの全身が、キラキラした光に包まれた。

そしてその光の粒がすべて消え去ったとき、ブルーズの姿も、跡形なく消えていた。

「……行っちまった」

「あれって何の魔法？」

「あの呪文は、消去の魔法ですよ。モンスターを聖なる光で焼き尽くす魔法。それを自分にかけたってことは……」

「あの子、自分のキャラクターを、自分で消してしまったってこと……？」

「そう。この世界から、綺麗サッパリ消えちまったってことですよ。さて、これで、あいつの正体はとうとうわからずじまいでしたね」

伊月は妙にサッパリした顔で、ゲームからログアウトし、パソコンの電源を落とした。ミチルも、笑って頷く。

「いいじゃない。お互いわからないままで。伊月君は信じてるんでしょ、あの子が本当のことを言ってるって」

「信じてますよ。……だから、すげえ心配だったんです。俊介と似てたから。まさかあいつと同じようなことになっちまったらどうしようって思って、それで俺、今ならあいつに母親の彼氏のことで、もっとちゃんとしたアドバイスできるんじゃないかと思って、ログインしてみたんですけど……。そんな必要、なかったっすね」

伊月はソファーに深くもたれ、両腕を真上に突き上げて、うーんと伸びをした。

「俺たち、ここしばらくの間に、変なガキにばっかり出くわしましたよね。したたかだったり、痛々しいくらい繊細だったり、ビックリするくらいタフだったり。やばそうだと思って心配してたブルーズの奴は、何かここ一番のとこでいきなり踏ん張ってみせたし、そうかと思えば、俊介は……あんな理由で、妹死なせちまうし、ああ、もう何か俺、頭ゴチャゴチャですよ」

ミチルも立ち上がり、首を傾げて言った。

「そうね。いろんな子供が、いろんなことを考えてるのよね。大人が想像もしないことで、傷ついたり苦しんだり悲しんだりしてるんだわ」

ミチルは、ちょっとしんみりした顔で嘆息し、そして元気よく言った。

「さ、もう帰りましょう。ホントは龍村君に二人して奢らせたいところだけど、それはまたの機会にして、今日は吉牛で勘弁して。私が奢ってあげるから」

「げー。一日働かせて牛丼っすかー？」

「卵でも特盛でもおみそ汁でも、好きにしていいから。私、今日はあんまり財布にお金が入ってないのよ」

「しょうがねえなあ。そんじゃ、ちんたら帰りますか」

伊月は反動をつけて、スポーツ選手のように勢いよく、ソファーから立ち上がった。


二人並んで暗い夜道を駅に向かって歩きながら、伊月はポツリと言った。

「隻手の声、か」

「都筑先生の言ってた言葉ね、それ」

伊月は肩からバックパックを提げ、片手をジーンズのポケットに突っ込んで、曇った夜空を仰いだ。

「親鑑のあの子のことも、ブルーズのことも、俊介のことも……何か、すげえ印象深くて。子供だから単純だろって俺思ってたけど、子供だからこそ、俺たちが及びもつかないくらい複雑で難しいこと考えて、必死で生きてんだなって思ったんですよ。都筑先生は、心の声を聞ける人間にならなきゃいけないって言ってたけど、まだまだ道は遠いなあ」

大真面目にそんなことを言う伊月に、ミチルはクスリと笑った。

「当たり前でしょ。誰が何考えてるかパーフェクトにわかったら、どこかの国の諜報機関に拉致監禁されて、一生こき使われるわよ。……相手の本心を読み取ろうとすることとか、遺体のどんな小さな所見も見落とさないようにするとか、そういう努力を常にしろって言ってるんじゃない、都筑先生は」

「それはそうなんですけどね。やっぱ人間の心って、なかなか他人にはわかんねえんだな、って実感しちまって。この業界に入ってから、何か人間が怖くなったっすよ、俺」

ふて腐れたような顔で、しかしどこか頼りなげにそう言い、伊月は地面に落ちている石を蹴る。ミチルはそんな伊月をからかった。

「そういうこと言うわりに、伊月君が情に篤いってことが、今回わかっちゃったな」

「げっ。何すか、それ」

「伊月君は、とっても優しいってことよ。それに、さっき私、伊月君はちゃんと『隻手の声』が聞けてると思ったけど？」

伊月は怪訝そうに肩をそびやかす。

「そうですか？」

「ええ。俊介君だっけ、あの子の心を助けてあげたのは、伊月君よ。それも、伊月君が、赤ん坊の遺体の『声』を聞き取ることができたからじゃない？　それに、ブルーズのことも。人生の大きな決断をしたのは彼女だけど、それも伊月君が、篁君や私と違って、疑うことなくあの子の話をまっすぐ受け止めてあげたからじゃないかな。私ね、さっき伊月君とブルーズのやりとりを見てて、思ったの。ただ、一方的に相手の声に耳を傾けるだけが、『隻手の声』を聞くことじゃないって」

「……それってどういう……」

「手を出してみて。こう、手のひらを私に向けて」

「こうですか？」

伊月は足を止め、言われるままに手を顔の高さに差し上げ、ミチルのほうに手のひらを向けた。

「そう。ネットの世界では、みんなが片手で音を立てようと……声も姿もなしに思いだけを伝えようとしてる。でも、伊月君の片手と、ブルーズの片手が、こんなふうに
……」

ミチルは自分も同じように手を差し上げ、そして伊月の手のひらに、自分の一回り小さい手を、パンと勢いよく打ちつけた。

「一緒になれば、大きな音が出るもの。これだってきっと、『隻手の声』なのよ。誰かと心が通じ合えば、『隻手の声』は二人共に聞こえるようになるんじゃないかな」

「……ミチルさん……」

ミチルは笑顔で頷き、またゆっくりと歩き出す。伊月も、軽くひりつく手のひらをしげしげと眺めてから、その後を追った。

「それにしても、ブルーズのこと、筧君も都筑先生もけっこう気にしてたから、月曜日にでも、ちゃんとその後の経過を説明してあげなさいよね」

「ああ、そうっすね。しかし、都筑先生がもしここにいたら、また下手な教訓川柳を詠みそうだなあ」

「あはは、ホントね」

ミチルは口元に手を当ててしばらく考え、そして言った。

「もし、都筑先生が今日の一部始終を見て川柳をひねり出すなら、こんな感じかしら。『言の葉を　送るも受けるも　隻手かな』……字余り」

飯食う人々　おかわり！

——Bonus Track——

一日のほとんどを陰鬱な解剖室、しかも立ちっぱなしで過ごすという過酷な勤務を終え、ジンジンする足の裏で地面を踏みしめるようにして帰りついた自宅は、真っ暗で待つ人もいない。

それでも「ただいま」と玄関で大きな声で必ず挨拶をするのは、いったい何故だろう。

手入れの行き届いた、つま先までピカピカの革靴を脱ぎながら、龍村泰彦はふと不思議に思った。

一人暮らしを始めたのは医科大学に入学したタイミングで、そのときの住まいは大学に近いだけが取り柄の、六畳一間、洗面所共有、風呂なしの木造アパートだった。

窓のすぐ外を電車が走り、薄い壁越しに両隣どころか上階全室の生活音が筒抜け、しかも病院に向かう救急車のサイレンが夜もしょっちゅう響き渡るという過酷な環境だったので、常に何らかの騒音に悩まされ、家族と離れた寂しさを嚙《か》みしめる余裕もなかった。

それから三度の引っ越しのたびに少しずつ環境は改善され、今の住まいであるマンションはとても静かだ。

むしろあまりにも静かすぎて、夜など、他の住人が誰もいないのではないかと不安になるほどである。

朝は出勤や通学のために自宅を出る人々とエレベーターで一緒になり、挨拶を交わす機会があるが、夜はエントランスから自宅まで、誰にも会わない日がほとんどだ。同居人がおらず、隣家の音も聞こえないので、自宅において、人間の営みを感じることが皆無になった。

そのせいで、自分ひとりで「家庭」を構築しようと、無意識のうちに独り言の数を増やしているのではなかろうか。

「そんな風に考えてしまうと、どうにも侘《わび》しいな。ああいや、これもまた、自分との対話を声に出すことで、家族の会話を偽装しているということになってしまうのか」

龍村は四角い顔に苦笑いを浮かべ、まっすぐ浴室に向かった。

職場である兵庫県監察医務室には、よほどのことがない限り、スーツ姿で行く。

無論、遺体や遺族に相対するときは手術着姿なので、どんな服装で出勤しようと問題はないはずだが、龍村は、自分が何につけても形から入るタイプだと自覚している。

スーツを着込み、ネクタイを締めることで、自分はこれからプロフェッショナルとしての務めを果たすという気合いが入るのだ。彼にとってのスーツは戦闘服、あるいは心のスイッチの役目を果たしてすらいる。

唯一の問題は、一日の解剖で全身に染み込んだ死臭が、帰り道にスーツへ移ってしまうことだ。

ゆえに、帰宅して最初の仕事は、ジャケットとパンツをドラム式洗濯機に放り込み、洗濯……ではなく、消臭ボタンを押すことだった。

ついでにみずからの身体も浴室で洗い流してさっぱりした彼は、パジャマに着替えて浴室を出た。

既に午後十時近い時刻だ。就寝時刻と胃腸の健康を考えれば、何も食べずにベッドに入るのが正しいが、今日は行政解剖が立て込んで、コーヒーを数杯飲み、事務員がくれたクッキーを二枚齧《かじ》った以外は、何も口に入れていない。

空きっ腹は切実に危機を訴え、龍村をこのまま寝かすまいとしている。

「軽く摘《つ》まんで、一杯だけ飲むとしようか」

やはり独り言を口にして、龍村はキッチンに行き、冷蔵庫を開けた。

一人暮らしの家にはいささか立派過ぎる冷蔵庫には、ミネラルウォーターや炭酸水、それに比較的日持ちのする食材が入っている。

仕事柄、今日のように帰りが遅くなることは珍しくないし、自炊が面倒で外食で済ませることも多い。料理は好きだが、即座に消費しなくてはならない食材は、自然と買わなくなった。

それでも肉や魚はある程度の量を冷凍室に常備しているものの、それらをわざわざ解凍して主菜めいたものを作るのは、いかにも大儀だ。

「さて、何を食うかな」

真っ先に目についたちくわを一本出して頬張りながら、龍村は少しだけ残っていた白菜をザクザク刻んだ。解剖の手練れだけに、刃物使いはお手の物だ。雑に切っているようでも、幅はほぼ一センチに揃っている。

ざっと洗ったそれを小さなボウルに入れて塩を振り、その間に流れるような手つきで椎茸を二枚、石づきごと五ミリ角くらいに小さく刻み始める。薄切りのハム二枚も同じくらいの大きさに切ると、それらをフライパンでさっと炒め、塩胡椒で味付けして、ココット型に入れた。

真ん中をくぼませ、卵を一つ割り入れてからココット型をオーブントースターに入れ、ざっと洗ったフライパンを再び火にかける。

今度はごま油と共にチューブ入りのおろし生姜を少々、あとは戸棚で見つけたいつ買ったか記憶にない糸唐辛子をひとつまみ加えて熱し、そこに酢と砂糖を同量、だいたい大さじ三杯ほど大雑把に入れ、煮立ったところに、水気をギュッと絞った白菜を投入し、混ぜ合わせる。

時間があれば冷蔵庫でキリッと冷やし、味をよく染み込ませるところだが、熱々で食べても、それはそれでなかなか旨い。

海外出張したとき買ってきた、とっておきのウイスキーで薄めのハイボールを作り、卵が半熟に焼き上がったところでココット型をオーブントースターから取り出し、ついでに作り置きのプチトマトのおひたしにちょっと黒酢を垂らしたものを添えれば、比較的罪悪感の薄い、ヘルシーと言えないこともない夜食が出来上がる。

「いただきます」

ひとりダイニングテーブルにつくのはいささか侘しいので、リビングのコーヒーテーブルに皿を並べ、大きなソファーのど真ん中に腰掛けた龍村は、やはりきちんと挨拶をしてから遅い食事を始めた。

ココット型の中身は、思いきりよく卵の黄身を真っ先に潰《つぶ》し、すべてを混ぜ合わせてから、粗挽きの黒胡椒をぱらりとかけてスプーンで掬《すく》って食べる。

見てくれは悪いが、不思議に旨い。滋味深いと表現すればいいだろうか。他の茸でも旨いに違いないが、龍村の母親が昔から椎茸ばかり使うので、息子もそれに倣《なら》っている。

白菜の甘酢漬けは、口の中がさっぱりする上、酢が疲れを優しく和らげてくれる気がする。いずれも、シャープな味のハイボールにはいいお供だ。

しかし。

テレビのニュース番組など観ながらゆったり楽しむつもりが、空腹だったせいでつい箸が進み、あっという間に皿もグラスも空っぽになってしまった。

胃袋のほうは、まだ納得できないと言い張っている。

「やれやれ。あと一品くらい……酒のほうも、一杯じゃ足りないか」

龍村はグラスを手に立ち上がり、キッチンに戻った。

薄いから二杯目でも大丈夫、と誰にともなく弁解し、大きなグラスに再びたっぷり作ったハイボールをちびちびと飲みながら、龍村は追加の肴《さかな》を作り始めた。

「野菜だから大丈夫だ」

やはり言い訳しつつ、レンコンの皮を剝《む》いて薄めのいちょう切りにし、水にさらさずに、さっき洗ったばかりのフライパンに放り込んだ。火にかけてごま油を回しかけ、炒めるあいだに、南高梅の大きな梅干しの果肉を包丁で叩き、フライパンに加える。味見しながら味醂《みりん》と醬油で控えめに味を足し、水気がなくなったら金胡麻《きんごま》をたっぷりまぶせば、レンコンの梅きんぴらの出来上がりだ。

蛋白質がいささか不足している気がして、冷凍室からちりめんじゃこを取り出して、気前よくトッピングしてみる。

「これで最後だぞ。もう追加はしない」

自分自身に言い聞かせてリビングのソファーに戻ったところで、コーヒーテーブルの片隅に置いてあったスマートホンが着信を告げた。

液晶画面に映っているのは、伏野ミチルの名だ。龍村はスマートホンを取り、通話ボタンを押して耳に当てた。

「どうした?」

挨拶は抜きにして龍村はいきなり訊ねた。ミチルのほうも、即座に本題に入る。

『今日は伊月君、どうだった? 龍村君とご遺体の皆さんに、迷惑かけてないかしら？』

先月から週に一度、龍村はミチルの後輩にあたる大学院生、伊月崇を「弟子」として監察医務室に迎え、共に行政解剖にあたっている。

「なんだ、指導教官どのは、俺がそちらの大事な院生を苛《いじ》めているとでも思っているのか？」

龍村がからかい口調でそう言うと、ミチルもスピーカーの向こうで笑った。

『多少なら、愛をもって苛めてくれて構わないのよ。伊月君からは毎度、恨み四割感謝六割の感想を聞かされてるけど、龍村君のほうはどうなのかなって。たまには訊いておこうかと思って、電話してみただけ』

意外と恨みの比率が低いな、鍛え方が足りないか……と口の中で呟《つぶや》いてから、龍村は少し考えて返事をした。

「前にも言ったが、見た目よりずっと根性があって真面目な奴だ。外見で偏見を持ったことは反省している。今はむしろ、善良で繊細すぎることが心配なくらいだ。あとは、とにかく持久力がない」

『持久力がない！』

ミチルは最後のひと言だけ、可笑《おか》しそうに、同時にホッとしたらしき声で復唱した。

『それを聞いて安心したわ。ところでさっきから、シャクシャクって謎の音が交じるんだけど、そっち由来？』

指摘されて、龍村はしまったという顔になった。

「聞こえていたか、すまん。今、飲みながらレンコンのきんぴらを作って食っているんだ」

『きんぴら！　相変わらずマメねえ。私はお酒が飲めないからわかんないけど、家飲みって何飲むの？　きんぴらだから、やっぱり日本酒？』

「いや、ハイボールだ。揃ってアイルランドの国際学会に行ったとき、酒を買うのに付き合ってもらったろ？　あのとき買ったウイスキーだよ」

龍村がそう言うと、ミチルは懐かしそうに言った。

『ああ、なんかあの、ラベルに血痕みたいな模様がついてた……』

「血痕って言うなよ。シミだ。緑色のシミ……『グリーン・スポット』って銘柄だ」

『それそれ。ふーん、ハイボールかぁ。余計なお世話だけど、飲み過ぎないようにね。とにかく、伊月君の面倒を見てくれて、ほんとにありがとう』

「二杯でやめる。というか、僕も助けてもらっている。貴重な戦力だよ」

龍村がそう言うと、ミチルは安心した様子で通話を終えた。

スマートホンをテーブルに戻し、再び箸でレンコンを摘まんで大きな口に放り込み、龍村は「ふむ」と小さく唸った。

電話で戦友と少し話しただけで、冴え冴えとしていた部屋の空気が、少し緩んだ気がする。薄い毛布を一枚掛けられた感覚にたとえればいいだろうか。

（一人暮らしが寂しいと感じたことはないつもりだったが、意外と孤独を感じているのかもしれんなあ。思えば、職場の外では誰とも話さない日があるものな）

だからといって、寂しさを紛らわせるために、恋人を見つけたり縁談を求めたりするのも何か違う気がする。他人は、龍村の心のほころびを繕うために存在しているわけではないのだ。

「何か、僕でも世話できるもの……動物は無理だから、小さい多肉植物の鉢でも買って、話し相手になって貰うとするか」

そんな自分の思いつきが妙に切なく滑稽で、龍村はほろ苦く笑いながらハイボールを飲み干したのだった……。

本書は小社より、二〇〇二年九月にノベルスとして刊行され、
二〇〇九年九月に文庫版として刊行された作品の新装版です。

|著者|樾野道流　2月25日生まれ。魚座のO型。法医学教室勤務のほか、医療系専門学校教員などの仕事に携わる。この「鬼籍通覧」シリーズは、現在8作が刊行されている。他の著書に「最後の晩ごはん」シリーズ（角川文庫）、「右手にメス、左手に花束」シリーズ（二見シャレード文庫）など多数。

新装版《しんそうばん》　隻手《せきしゅ》の声《こえ》　鬼籍通覧《きせきつうらん》

樾野道流《ふしのみちる》

© Michiru Fushino 2019

講談社文庫

定価はカバーに
表示してあります

2019年12月13日第1刷発行

発行者──渡瀬昌彦
発行所──株式会社　講談社
東京都文京区音羽2-12-21　〒112-8001
電話　出版（03）5395-3510
　　　販売（03）5395-5817
　　　業務（03）5395-3615

デザイン─菊地信義
本文データ制作─講談社デジタル製作
印刷───大日本印刷株式会社
製本───大日本印刷株式会社

Printed in Japan

落丁本・乱丁本は購入書店名を明記のうえ、小社業務あてにお送りください。送料は小社負担にてお取替えします。なお、この本の内容についてのお問い合わせは講談社文庫あてにお願いいたします。

本書のコピー、スキャン、デジタル化等の無断複製は著作権法上での例外を除き禁じられています。本書を代行業者等の第三者に依頼してスキャンやデジタル化することはたとえ個人や家庭内の利用でも著作権法違反です。

ISBN978-4-06-518161-4

講談社文庫刊行の辞

二十一世紀の到来を目睫に望みながら、われわれはいま、人類史上かつて例を見ない巨大な転換期をむかえようとしている。

世界も、日本も、激動の予兆に対する期待とおののきを内に蔵して、未知の時代に歩み入ろうとしている。このときにあたり、創業の人野間清治の「ナショナル・エデュケイター」への志を現代に甦らせようと意図して、われわれはここに古今の文芸作品はいうまでもなく、ひろく人文・社会・自然の諸科学から東西の名著を網羅する、新しい綜合文庫の発刊を決意した。

激動の転換期はまた断絶の時代である。われわれは戦後二十五年間の出版文化のありかたへの深い反省をこめて、この断絶の時代にあえて人間的な持続を求めようとする。いたずらに浮薄な商業主義のあだ花を追い求めることなく、長期にわたって良書に生命をあたえようとつとめるところにしか、今後の出版文化の真の繁栄はあり得ないと信じるからである。

同時にわれわれはこの綜合文庫の刊行を通じて、人文・社会・自然の諸科学が、結局人間の学にほかならないことを立証しようと願っている。かつて知識とは、「汝自身を知る」ことにつきていた。現代社会の瑣末な情報の氾濫のなかから、力強い知識の源泉を掘り起し、技術文明のただなかに、生きた人間の姿を復活させること。それこそわれわれの切なる希求である。

われわれは権威に盲従せず、俗流に媚びることなく、渾然一体となって日本の「草の根」をかたちづくる若く新しい世代の人々に、心をこめてこの新しい綜合文庫をおくり届けたい。それは知識の泉であるとともに感受性のふるさとであり、もっとも有機的に組織され、社会に開かれた万人のための大学をめざしている。大方の支援と協力を衷心より切望してやまない。

一九七一年七月

野間省一